機甲狩竜(パンツァーヤクト)のファンタジア

内田弘樹

ファンタジア文庫

2485

口絵・本文イラスト　比村奇石
モンスターイラスト　かんくろう

CONTENTS

プロローグ　王国暦四三五年四月二〇日

1

月のない闇夜の空の下、オレンジ色に揺らめくものが地上にあった。

巨大な炎が広がっている。

炎の中に、焼かれ、煙を上げ、崩れ落ちていくものがあった。

城壁に囲まれた、大きい街だった。

街を鉤爪で容赦なく破壊し、上空を翼で飛翔する、巨大な生物の影がいくつもあった。

竜――暴竜種だ。

聖イシュトバーン王国第三の都市として栄え、そして王都の前門として、幾多の敵を阻んできたシグルは、多数の暴竜種の襲撃により、灰塵に帰しつつあった――。

幸い、避難勧告が早めに出されたため、ほとんどの市民は襲撃に先んじて脱出を開始していた。

だが、一部の人々はまだ市内にあり、暴竜種の追撃の中、過酷な脱出を強いられていた。

今も、街並みを背後に、路上を必死に走る幼い兄と妹の姿がある。

親とはぐれてしまったらしい——兄は妹の右手をしっかりと握り、まっすぐに駆け続けている。妹も左手に人形を抱えながら、泣きそうな表情でそれに続いている。

しかし、暴竜種の中の一匹が、ついに路上を走る兄妹に狙いを定め、急降下を開始した。

風を切る甲高い音。口元には鋭い牙が無数に生え揃っている。

「お兄ちゃん⁉」

「わかってる、急げ！」

けれども、暴竜種の飛翔速度に敵うはずもなく、瞬く間に距離が詰まる。

そして、その牙がふたりの背中に触れようとした瞬間——。


暴竜種の頭部が、炎とともに爆散した。


「あ、ああ……」

茫然とそれを見つめるふたり。

頭部を失った暴竜種はそのまま地表に激突、数秒ほどもがいた後に動きを止める。

「君たち、怪我はないか？」

背後からの声に振り向いた後、さらなる驚きが。

巨大な鉄の塊が、そこにあった。

全幅、全長ともに、人の背丈の何倍もある。

石材を組み合わせたように角ばった形状は、まるでゴーレムのようだ。しかも、それでいてモンスターの鼓動のような、不気味だが規則正しい音を放っている。正面には筒のようなものが伸び、その先に巨大な大剣が取り付けられている。

側面には聖イシュトバーン王国の紋章が描かれ、正面には爪でえぐられたような跡がある。

声を掛けたのは、鉄の塊から上半身だけを見せる、凛々しい顔つきの少女だった。

高貴な騎士の家の出の証とされる、フェイスガードをつけている。

妹は得体の知れないものを見てしまった表情だった。確認するように尋ねる。

「お姉ちゃんは……狩竜師さま？」

少女は力強く頷いた。

「ああ、その通りだ」

「本当？　狩竜師さまは、剣と魔法でモンスターと戦うって、学校の先生が……」

少女は一瞬だけ面食らった表情になったが、すぐに優しい微笑みで答えた。

「私たちはちょっと変わっているのだ」

「……？」

「さ、ここから急いで避難を！　君たちの背中は、私たちが守ってみせる！」

「分かった！　狩竜師さま、助けてくれてありがとう！」

妹は素直に感謝の言葉を口にした。兄も頷いてみせた後、妹の手を取って再び走り出す。

生き残れるかもしれない——二人の顔には希望が宿っていた。

2

一撃で暴竜種を下した鋼鉄の豹——Ｖ号戦車パンターの砲塔内の車長席に腰を下ろした凛々しい顔付きの少女、シェルツェは満足げな表情だった。

「どうしたんだ、シェルツェ？」

次発用の徹甲弾を抱えながら、装塡手席に立つ隻眼の少年——トウヤが尋ねた。

「何か、嬉しいことでも言われたか？」

「嬉しいこと……そうだな。その通りだ」

何かを噛みしめるように頷くシェルツェ。

「このパンターの車長席に座っていても、私はまだ、狩竜師なのだな、と。時たま、忘れそうになる」

「バカをいうな。オレだって立派な狩竜師……いや、機甲狩竜師だ。お前も、そして他のみんなも」

「ああ。とはいえ、この状況でもそれを自覚できるとは、な……」

「ちょっとふたりとも、何雑談してるのよ!?」

操縦手席に座るヨシノが咎めるように叫んだ。ポニーテールでまとめた赤い髪を乱しながら振り返る。

「こっちも早く動かないと。避難中の人たちだって助けないといけないんだから!」

「大丈夫だ。今の兄妹が、街から脱出しつつあった最後の民衆だ――ですよね、姫様?」

「は、はいっ！　そ、その通りです……！」

いつものように緊張しきった声で、通信手席のフィーネが答える。

「他の皆さんも、どうにか市外に達しつつあると、通信がありました……」

「だったら、それを支援するために、早く攻撃を仕掛けるべきよ！　この子だって、同じ気持ちのはず！」

「それで、どうするの－？」

照準手席に座るサツキが尋ねた。いかにも年ごろの少女といった顔と声だが、照準器を見つめる瞳には、また別の感情が宿っている。

「こっちは準備万端だから、早く終わらせちゃおうよ。もう、長距離行軍で座りっぱなしで身体揺らされまくりで……本番前からヘトヘトだよぉ」

シェルツェが宥めるように応じる。

「この戦いに勝てば、街を救った英雄として報酬がもらえるかもしれない」

「マジ!? じゃあ、あたし頑張る! 超頑張る!」

「サツキはいつも自分に正直だな」

「それがあたしだもの」

胸を張って答えるサツキ——全員から自然に笑いが零れる。図らずもオチ要員にされてしまったサツキも、それと分かりながら笑いに加わっている。

トウヤは思った。

いける。これなら。

きっと、オレたちはこの戦いに勝てる。

勝って、街を救い、生きて王都に帰れる。

どれほど敵が強大でも、どれほど戦いが過酷でも。

この、五人と一両で——！

「シェルツェ、どうする？」

シェルツェにトウヤが尋ねた。

「……まずは数を減らすべきだ」

シェルツェは答えた。口にしている間も思考をフル回転させ、ベストな答えを探そうとしている。自分の言葉ひとつで、五人の運命が左右されるのだから。

「状況から言って、市街戦を挑まざるを得ない。建物を盾にして、常に動き続ければ、敵も捕捉は難しいはずだ。ただ、徹甲弾、榴弾、錬骸弾、ともに数は限られている。一撃必中を心がけよう」

「さすがシェルツェ、単純明快だ」

シェルツェは嬉しそうに微笑むと、声音を切り替えた。

「総員、今の会話を聞いていたな！　基本戦術はそのとおりとする。そして、私に命を預けてほしい。戦車前進！」

「了解！」

ヨシノが操縦レバーを操作しながらアクセルを踏み、パンターを前進させる。エンジンの回転数が上がり、轟音が車内に立ち込める。

街を破壊していた暴竜種の何匹かがその音を耳にして、パンターに視線を向ける。

すぐに敵と判断、雄たけびとともに翼を広げて緩降下で急接近する。全ての個体が完全体らしく、パンターの何倍もの大きさだ。

シェルツェが叫んだ。

「怯むな！　たとえ至近距離に切り込まれても、パンターなら奴らには負けない――ヨシノ、このまま前進を継続！　サツキ、射撃では頭部を狙え！」

「分かってる！」

「任せて！」

互いに速度を増しながら急接近するパンターと暴竜種。激突まであと一〇秒もない。

と、トウヤとシェルツェの視線が交わる。

トウヤはシェルツェの瞳に不安を見つけていた。五人の中で誰よりも凛々しく、誰よりも強く、そして誰よりもか弱いシェルツェが、自分に何かを求めている――。

「大丈夫だ」

確信を込めて、シェルツェを見つめ返す。

「お前なら、きっと」

「……ありがとう、トウヤ」

先頭を突撃する個体との接触まであと数秒――と、思った瞬間！

「ヨシノ、右に回避してその後に急旋回と停止！　サツキ、頼む！」

答えはなかった。しかし、パンターはヨシノの操縦により右に進路を切り、暴竜種の突撃をギリギリのタイミングで回避――さらにその直後、パンターは速力を維持したままドリフト旋回、正面を一八〇度転換し、砲身と車体前面を暴竜種の頭部に向ける。攻撃を躱された暴竜種は――突進の勢いを殺しきれず、視線だけをパンターに向けたまま地表に激突する。

刹那、パンターを操る五人と、暴竜種の視線が絡み合う。

自らの舞い上げた粉塵の中、パンターはぴたりと停車した。すでに砲身の直線上には暴竜種の頭部がある。

サツキの絶叫。

「当たれえええっ！」

一瞬後、パンターの砲身から徹甲弾が炎とともに撃ち放たれ――徹甲弾はまっすぐに暴竜種の瞳に突き進んだ。

第一章　アーネンエルベ狩竜師学校——王国歴四三四年三月三一日

1

「じいちゃんが狩竜師だったって、本当？」

それが夢だというのは、すぐにわかった。

新緑に包まれた緩やかな丘陵。そこに、子供の頃の——まだ、片目を失う前のオレと、数年前に死んだじいちゃんが座っている。

空には青空が広がっていて、風が優しく草原を撫でていた。遠くには、鹿に似た野生の草食モンスター、メガディアが群れで動いている。

じいちゃんが、いかつい顔をオレに向けた。

「誰に聞いた、そんな話」

「ヨシノが教えてくれた。ヨシノのお父さんが、そう言ってたって！」

「……まぁ、その問いに答えるならば、本当だ」

「すごい！　じいちゃんは英雄だったんだ！」

「嬉しいか、坊主?」

「うん! だって狩竜師は、みんなを守るために剣と魔法でモンスターと戦う、立派な職業なんでしょう?」

今思えば、狩竜師をこれほど分かりやすく説明した言葉もない。

世界中に生息する、竜種、つまりはドラゴンを代表とする、人を扼するモンスターを狩り、人々の生活の安全を守る。

それが、古くから、狩竜師に課せられてきた役目だ。

当然、死と隣り合わせの仕事で、だからこそ、狩竜師は人々の尊敬を集めていた。

オレは、そんな狩竜師という職業に、子供らしく、ごく自然に憧れたのだ。

「オレもいつか狩竜師になって、みんなを守りたい! じいちゃんみたいに!」

「ワシみたいにか……だが、ワシは機甲狩竜師だったから、それはそれで苦労するぞ?」

「機甲狩竜師?」

「鋼鉄の豹でモンスターと戦う狩竜師だ」

「……?」

「よし。なら、見せてやろう。ワシの相棒を」

じいちゃんは立ち上がり、ニヤリと笑った。

「あまりの恐ろしさに、ちびるんじゃないぞ？」

そうだ。この会話がきっかけでオレはアイツに出会って……。

そして、決めたんだ。

立派な機甲狩竜師になって、じいちゃんの跡を継ぐって。

だからこそ、オレは……！

2

夢から覚めた瞬間、右目に眼帯をした少年――トウヤ・クリバヤシは、勢いよく半身をベッドから起こした。

目の前の光景に、強烈な違和感を覚える。

「ここ、どこ……？」

見覚えのない部屋。天井も初めて見るものだったし、ベッドの感触も、馴染みのある自宅のそれとはまったく違う。

ガラス張りの窓からは、穏やかな春の日差しが差し込んでいる。しかし、外に広がる整然とした街並みも、トウヤにとっては見慣れないものだった。

トウヤは思い出した。

そう、ここは聖イシュトバーン王国の都市のひとつ、エゲルにある宿屋「竜牙亭」。

自分は祖父から受け継いだ相棒と、そして幼馴染とともに、故郷のオゾラ村から王都アクインクムに向かう途中だったのだ。

目的地までは徒歩で四日ほどだが、相棒と移動する自分たちなら二日しかかからない。

今日はその行程の二日目で、早朝に出発すれば夕刻までに王都に辿り着ける予定だった。

そして、この旅の目的こそ――。

トウヤは再び違和感を覚え、窓の外を見た――どう考えても早朝の時間帯ではない。

「まずい！」

トウヤは大慌てでベッドから飛び降りた。


エゲルは王都アクインクムの北西にある街だった。ワインの名所、そして交通の要衝として知られ、市街地には白壁と赤屋根の伝統的な住居が連なっている。さらに北を向けば、王国領土と辺境の境目となっている広大なマトラ森林を眺めることもできる。

「竜牙亭」は、街の中心の広場の近くにあった。玄関にはその名の通り、陸竜種のものと思われる巨大な青白い牙が飾ってある。

「遅い……！」

「竜牙亭」の食堂で、ヨシノは腕を組み、たまりかねるように呟いていた。

机の上には冷めきったジャガイモのスープと紅茶、そして水気を失いつつあるレタスと生サーモンのサンドイッチが二人分。

「何やっているのよ、トウヤは！　夜明け前に出発するって言ってたじゃない！」

「起こしに行ってあげたら、ヨシノちゃん？」

いつの間にか名前を憶えられた宿の女将さんが、他の客の朝食を運びながら尋ねた。

「マスターキー、貸してあげてもいいんだよ？」

ヨシノは申し訳なさそうに頭を軽く下げた。

「すみません。……その、大丈夫です。たぶん、そろそろ……」

どたどたと派手な足音。右目に眼帯をはめた少年――トウヤが乱雑に制服に着替えながら、食堂の目前の階段を駆け下りてきたのだった。

「トウヤ！　今、何時だと思ってんの⁉」

「分かってる！　三〇分で支度する！」

「なんで三〇分も⁉」

「朝飯食って、点検するのにそのくらいかかる！　お前も分かるだろ、子供の頃乗ってたんだし！」

「忘れたわよそんなの！　このままだと到着が夜になるわよ！」

「オレが悪かった、すまん！」

「……とにかく、急いで！」

「おう！」

トウヤは滑り込むように向かいに座り、物凄い勢いで朝食を搔っ込み始めた。

「ちょっと！　少しは落ち着いて食べなさいよ！　子供じゃないんだから！」

頰がリスのように膨らんだトウヤを叱責するヨシノ。

「あらあら、ケンカはよくないわよ、ふたりとも」

女将さんがティーポットを片手に、どこか楽しそうに口を挟んだ。

「せっかくの旅の相方なんだから、仲良くしないと。ウチの旦那も若い頃は……」

「……相方じゃないです。ただの同行者です」

ぴしゃりと訂正するヨシノ。実際には生まれた年も月も同じで自宅も隣り同士という、正真正銘の幼馴染であるのだが、話がややこしくなりそうなので説明は差し控えた。

「あれ？　でも、目的地は一緒じゃなかった？　確か王都にある……」

「アーネンエルベ王立狩竜師学校」

「そう、そこそこ。すごいわねぇ狩竜師を目指すなんて。ウチの看板になっている大きな牙も、先代が名のある狩竜師さまにもらったものなんだよ。旅費の代わりにって！　アイス・グレンデルっていう、氷を吐く、珍しいドラゴンだって聞いてるわねぇ」

感心するように教えてくれる女将さん。

聖イシュトバーン王国の領土の大半を占めるパンノイア平原は、いまだ大半が未開の地で、多種多彩なモンスターが生態系を作り上げ、過酷な生存競争を続けている。

その中には、人間を食料とするべく襲い掛かったり、そうでなくとも、人間の生業である農業や牧畜などの害となるモンスターも多数含まれている。

そうしたモンスターを狩り、人々を守ることが、今も昔も変わらない、狩竜師の役割だ。

アーネンエルベ王立狩竜師学校は、そうした狩竜師を目指す少年少女たちを育成する、王国唯一の教育機関として知られている。ヨシノとトウヤはその新入生として、明日の入学式までにアクインクムに到着しなければならなかった。

なお、世間ではモンスター討伐、モンスターハンティングなどの言葉をまとめて「狩竜」と称する。狩竜師は特に竜種ばかりを狩っているわけではないのだが、古来、竜は人間が恐れるモンスターの代名詞だったので、それゆえの言葉だと思われる。

女将さんは話を続けていた。

「アーネンエルベは難関中の難関って聞いているけど、現役合格なんてすごいわねぇ」

「ええ。まぁ……」

「でも、狩竜師の活躍のおかげで、最近は本当に便利になったものよねぇ」

「錬骸術のことですか？」

「そう、それそれ！　おかげさまで、一昔前には考えられないくらい便利な世の中になって……本当、狩竜師サマサマ、錬骸術サマサマだよねぇ」

　錬骸術とは、錬骸素材と呼ばれるモンスターの骸を原料に、自然界に存在しない物質──錬骸物質を調合、錬成する術式だ。かつては錬金術の応用としてほそぼそと研究されていただけだったが、数十年前に爆発的な発展を見せ、最近では一般にも普及している。

　錬成によって生み出されている錬骸物質の種類は数えきれないほど多く、そのほとんどが一般市民の生活レベルの向上に役立っている。

　例えば、女将さんが朝食に出したレタスや生サーモンのような生鮮食品は、鮮度の関係で、かつては内陸の都市には流通しようのない食材だった、しかし、最近では、農薬や肥料、冷凍材などの様々な物質が普及し、そうした食材が季節を問わずに市場にあふれるようになっている。

　このため、最近の狩竜師は、人々を守るためにモンスターを狩るだけでなく、狩ったモンスターを解体して錬骸素材を集め、商社に売却(ばいきゃく)することも仕事に含むようになっていた。

　市場ではレアな素材ほど高額で取り引きされるが、そうした素材は強力なモンスターしか持っておらず、入手が困難なのが常だ。このため、毎年多くの狩竜師が無謀(むぼう)な素材集めに挑(いど)み、還(かえ)らぬ人となっている。

　王国の人々の暮らしは、この錬骸術で成立しているといっても過言ではなかった。

もちろん、狩竜師たちもその恩恵(おんけい)にあずかっている。

「最近じゃあ、病気を治すための薬も、錬骸術で作られてるんだって？」

「はい。おかげで、黒死病(ペスト)で亡(な)くなる人もほとんどいなくなったとか」

「黒死病(ペスト)！　あたしの子供のころは、不治の病(やまい)ってことで怖(こわ)がられていたんだけど。いやはや、すごい時代になったもんだねぇ」

　女将さんは純粋(じゅんすい)に嬉(うれ)しそうだった。

「ふたりとも立派な狩竜師になって、モンスターをガンガン狩(か)って、ガンガン新しい原料を見つけてね！　辺境には、未知のモンスターがいっぱいいるらしいし！」

「え、ええ……」

「そうそう、その意気！」

　上機嫌(じょうきげん)で台所に姿を消す女将さん。

トウヤは口の中のものをすべて呑みこむと、ヨシノに小声で言った。

「お前、良心の呵責はないのかよ」

「……どういうことよ」

「嘘ついたじゃん。現役で合格したって」

「あ、あれは、ああいう尋ねられ方をしたら、ああ返答するしかないじゃない！」

「筆記試験ですべての答案に名前を書き忘れたくせに」

「う……確かにそのとおりだけど、問題は全問正解していたわ！　名前のミスさえなければ、あんたと同じ『ドーラ』になんてならなかったはずよ！」

アーネンエルベ狩竜師学校に合格した生徒たちは成績順にAからDの四つのクラスに振り分けられ、その成績に見合ったレベルの授業を受けることになる。

四つのクラスは、AからDの別呼称から「アントン」「ベルタ」「ツェザー」「ドーラ」と呼ばれ、各クラスの人員は半年ごとに行われる成績評価で再編成される。

卒業時のクラスや席次は、アーネンエルベを卒業して狩竜師の資格を得た後の進路に大きく影響するため、生徒たちは三年間、苛烈な成績競争を繰り広げることになる。

そして、この中で、最低席次の「ドーラ」の生徒は他のクラス以上に努力を重ねたことを示す「成果」を月一で示さなければ、強制的に退学させられてしまうという独自のルールがあった。ちなみに「成果」はテストの成績、あるいはそれに準じる功績でも代用が可能となっている。

一見、不合理で無駄の多い制度に思えるが、学校側としても、入学後に勉強する気概を失い、落ちこぼれになった生徒に狩竜師の資格を与えることは望ましくないと思っているようで、ある程度、生徒たちをふるいにかけようとしているらしい。

トウヤとヨシノは、この「ドーラ」への編入が決まっていた。

ヨシノの場合、筆記試験が名前の未記入によってオールゼロ点になったものの、面接試験の結果が良好だったため、首の皮一枚で入学が許可された。

「でもなぁ、お前、本当に本番に弱いし……」

心配そうに続けるトウヤ。

「遠足の前日にお腹が痛くなることが多かったし、全校集会で代表としてしゃべるときには必ず固まったし……お前、本当に狩竜師を目指して、大丈夫か？」

少なくとも前半は事実だった。ヨシノは学力は高いものの、ここぞというときに致命的な失敗を犯してしまうという癖があり、今回もその典型といえる。

「た、確かにそうだけど、頑張って治そうとはしているもの！　それにトウヤに言われたくないし。いくら『ドーラ』とはいえ、あんたみたいなバカがどうして入学できたのか、私には理解不能だわ！」

トウヤの学力は全般的に壊滅的だった。中等学校の卒業も、ヨシノが勉強を手伝わなければ危うかったほどだ。

「多分、お前と一緒で面接の成績が良かったんだよ。志望動機を熱烈に語ったからな！」

自信満々に答えるトウヤ。

「俺の目標をかなえるためには、入学時のクラスが『ドーラ』でも構わないんだ。とにかく、入学してしまえば……」

だが、トウヤはその言葉の全てを口にすることが出来なかった。

次の瞬間、何か、巨大な重量がどこかに落下したような衝撃が足元から襲ったからだ。

続いて、恐ろしく大きく、人に恐怖だけを与える咆哮が、どこからか轟いた。

「まさか……」

ふたりは思わず目を合わせた。

「大変だ、女将さん！」

宿の従業員のひとりが、慌てて玄関から飛び込んできた。

「ドラゴンが――翼竜種が広場に落っこちてきた！　かなりでかい！」

「なんだって!?」

通常、モンスターは人間の領域に立ち入らない。立ち入れば狩竜師たちの攻撃の対象になることを習性として学んでいる。それを考えれば、異例の事態だ。

「運よく隣町に滞在していた狩竜師たちに通報したが、到着までは時間がかかる！　今、他の連中が逃げ遅れた人間を助けに行っている。早くしないとここも……！」

「分かったわ。みんな、避難を急いで！　ヨシノちゃんとトウヤ君も……」

言葉の途中で青ざめた表情になる女将さん。ヨシノもすぐにその理由に気付いた。

目の前にいたはずのトウヤの姿が、影も形もなくなっている。

「トウヤ……!?」

3

突然のモンスターの出現に、エゲルの街はパニックとなっていた。路上では、人々が我先にと逃げようとしている。

その混乱の中、ヨシノは人だかりの流れとは反対方向に駆けていた。

自分の向かう先に問題の広場があることは分かっていたが、トウヤがどこで相棒のメンテを行っているか知らなかったので、先回りしようとしたのだった。トウヤと付き合いの長いヨシノは、トウヤが何をしようとしているのか、予想がついた。

そして、ヨシノはほどなく広場に到達し――モンスターの姿を見ることになった。

「これ……プロト・グレンデル……？」

プロト・グレンデル――パンノイア平原で最強最大の翼竜種だ。

翼と一体となった強靭な両腕と、典型的なドラゴンの頭部を持つ。全長は二〇メートル近く。他の翼竜種のように炎や冷気を吐き出す能力はないものの、その両腕から繰り出す打撃の威力は絶大で、岩石程度なら簡単に砕いてしまう。

名前の由来は、世界中の竜種がこのプロト・グレンデルから進化したという説が有力だから。「竜牙亭」のシンボルとなっている牙の持ち主だったアイス・グレンデルも、プロト・グレンデルの亜種といわれている。もちろん、ヨシノには真偽のほどは分からない。

プロト・グレンデルはその巨大な頭部を、脅威となる敵を探しているかのように左右に振りながら、荒い息を吐き出している。

あまりの巨大さ、あまりの迫力、あまりの生々しさ――足がすくみそうだった。血と肉を連想させる口臭が恐怖とともに鼻孔を刺激する。

一方、ヨシノの目の前の建物の陰には、プロト・グレンデルから身を隠すように、避難を手伝いに来た何人かの街の若い男性たちが立ち、その向こうの教会の陰には二名の老夫婦がいた。老夫婦はおびえるように腰を落としている――彼らが逃げ遅れた人物らしい。

男性の一人が叫んだ。

「君、こんなところにいちゃ危ない！　早く逃げろ！」

ヨシノは勇気を振り絞って叫ぶ。

「知り合いを探しに来たんです！　それに、あそこに逃げ遅れた人が……！」

「分かってる！　けど、オレたちじゃどうにもならない！」

プロト・グレンデルは人を食べる。かつては、たった一匹のプロト・グレンデルによって、地方の村落が壊滅させられたことが頻繁にあったという。

今、丸腰でプロト・グレンデルの目に留まれば、瞬く間に捕食されてしまう。

しかし、次の瞬間――。

「ちょっと待ったぁぁぁぁ！」

どこからか、聞きなれた声と聞きなれた駆動音。ヨシノはそちらを振り向いて叫んだ。

「トウヤ!?」

プロト・グレンデルに勝るとも劣らない雄たけびとともに、トウヤが相棒とともに、広場に続く坂道を駆け下りていく。

だが、その相棒とは、巨大な鋼鉄の塊だった。

構造を簡単に説明すれば、鋼鉄の塊は大小ふたつの四角錐台で構成され、大きな錐台が

Monster File 01
翼竜種
プロト･グレンデル
危険度
A
すべての竜種の祖とも言われるモンスター。雑食性。その翼で各地を飛翔しながら家畜や農作物、時にはその地の住人も捕食するため、しばし天災と同様の扱いを受ける。膂力は非常に強いものの特殊な攻撃方法を持たないため、一級の狩竜師であれば少人数でも討伐は可能。

下半身、小さな錐台が上半身となっている。

また、下半身の両側面下部には多数の車輪が並んでおり、実際にそれを回転させることで、車輪のまわりのレール状のものを回転させ、移動手段している。

トウヤがいるのは、その下半身の前部上面だ。人ひとりが入れる小さな空間がある。

ただし、鋼鉄の塊の最大の特徴は、また別にあった。

上半身の前部に備えられた、地上と水平に伸びる長大な円柱。まるで巨大な一角獣のようだ。トウヤと合わせてみると、長槍を構えたケンタウロスのようにさえ見える。

突然の異形の物体の登場に、男たちは驚愕するほかなかった。

「何だあれは!?　ドラゴンだけじゃなく、ゴーレムまで出て来たのかよ!?」

「違います！　説明しにくいんですが……とにかく、違うんです！」

ヨシノは答えた。自分とトウヤ、そして故郷の住人以外、トウヤの乗り込む鋼鉄の塊は未知の存在なのだ。これまでの道中でも、同じようにゴーレムやモンスターの類に何度も間違えられ、そのたびに事情を説明することになっている。

「トウヤ!?　まさか、パンターで戦うつもり!?」

ヨシノの切迫した叫びに、トウヤが叩き返すように応じる。

「オレが注意を引き付ける！　お前はそのうちに、逃げ遅れた人を避難させろ！」

「大丈夫なの⁉」

「今のパンターでこれくらいできないで、機甲狩竜師になれるものか！」

機甲狩竜師——それこそが、狩竜師だったというトウヤの祖父の肩書であり、今のトウヤの目標でもあった。アーネンエルベを受験したのも、機甲狩竜師になるためだ。

そして、トウヤが操る鋼鉄の豹、V号戦車パンターこそ、祖父がかつて操り、今は彼に受け継がれた機甲狩竜師の装備のひとつだった。

祖父が言い残したところによると、機甲狩竜師はパンターのような自走可能な鋼鉄の塊——「戦車」でモンスターを狩っていたという。

狙い通り、プロト・グレンデルの注意は、完全にトウヤとパンターに向けられていた。威嚇するように叫びをあげながら、その前面に向かおうとしている。

「今だ！　急げヨシノ！」

「わ、分かった！」

ヨシノは教会に向けて全速力で疾走した。その姿を見て、男たちもそれに続く。その間、トウヤはパンターを前後左右に起動させ、プロト・グレンデルとつかず離れずの間合いを取り、その注意を引き付けようとする。

ヨシノは一〇秒と経たずに教会に到達、その後、男たちとともに老夫婦の手を引き、もといた場所に戻ることが出来た。

「トウヤ⁉」

トウヤのパンターは、接近するプロト・グレンデルに広場の端に追い詰められつつあった。もはや逃げ場はない——だが、トウヤは落ち着きはらった表情のまま、流し見でヨシノたちの現在位置を確認しつつ、プロト・グレンデルの様子をうかがっている。

ヨシノははっとしながら叫んだ。

「トウヤ、まさか、アレをやる気⁉　アレは——」

「パンター、行くぞ！」

パンターは砂塵を巻き上げながら、プロト・グレンデルに向けて突進を開始した。トウヤのパンターにとって唯一の攻撃方法、体当たりを行おうとしたのだった。

パンターの突然の動きに、プロト・グレンデルは慌てて身をかわした。突進は避けられたものの、広場の端からの脱出に成功したかたちだ。

しかし、パンターはそのまま突き進んでいく。このままでは、教会に衝突しかねない。

「ちょっと、どっちに向かってるのよ！」

「なんだ⁉　方向転換ができなくなった……！」

と、トウヤの立つ操縦席の脇から、毛むくじゃらの動物が次々と飛び出し始めた。

「こいつら……!?」

ヨシノはそれが何なのか一目でわかった。

「カピバラよ！　大型のネズミ！　きっとそいつらが配線を食いちぎって……」

「なるほど！　だが、それがわかったところでえええ……」

トウヤの奮戦もむなしく、パンターはそのまま教会に突っ込んだ。衝突と同時に粉塵が舞い上がり、壁面が崩れ落ちる。

「トウヤ!?」

ヨシノは反射的に物陰から路上に駆け出した。しかし、それを見つけたプロト・グレンデルが雄叫びとともに行く手をふさごうとする。

ヨシノとプロト・グレンデルとの視線が絡み合う——足がすくみ、そこから動けなくなる。自分とトウヤにとって忘れがたい、いつかの記憶もよみがえる。

だが、そのとき、ヨシノの盾となるように、ふたりの人影がプロト・グレンデルの前に、駆け寄りながら立ちふさがった。

ふたりは巨大な大剣を収めた鞘を背負い、美しい騎士装束を纏った少女だった。指揮官と思しき人物の額には、名のある出自の騎士だけが装着を許されているフェイスガードがある。容姿もヨシノより幼く感じられる。

間違いなく、街の住民が救援を要請した狩竜師だ。だが、その落ち着き払った雰囲気は、常人とはかけ離れている。

指揮官の少女が、プロト・グレンデルに視線を据えたまま言った。

「もう大丈夫です。ここは私たちに任せて、貴方はここを離れてください」

「でも、ふたりだけじゃ……」

「ご安心を。私たちは『リディア』ですから」

「『リディア』って、あの『プロイア』……!?」

驚くヨシノ。それもそのはず、「プロイェクト・リディア」は、聖イシュトバーン王国でもっとも名の知られた狩竜師ギルドだったからだ。

一般に狩竜師の資格をもつものは、組合である狩竜師ギルドに属し、ギルド内でチームを組んでモンスターの討伐を行って収入を得る。個人で戦い続けるフリーの狩竜師もいるが、全体としては少数派だ。

そうした狩竜師ギルドの中で「リディア」は際立った存在感を放っていた。

「リディア」は、本来なら狩竜師としての資格を持たない、アーネンエルベの最上位クラスである「アントン」の生徒たちが、学校側の特別な認可を得て、自主的に運営している狩竜師ギルドなのだった。当然、一八歳以下の少女たちが大半で、中等学校からアーネンエルベに飛び級で進学し、一〇代半ば以前で参加する者も少なくないという。

一般に、「リディア」のメンバーのような、最前線に向かうアーネンエルベの生徒たちは、本職の狩竜師と差別化を図るため、学生狩竜師と呼ばれている。

正規の資格を持たないとはいえ、「アントン」でもトップクラスの成績の生徒たちが集まっているため、「リディア」の技量はかなり高い。また、マスコミも大々的に取り上げるため、知名度や人気も並ではない。

アーネンエルベには、他にも生徒たちで編成されたギルドがいくつかあるが、入学希望者の中には、「リディア」だけにあこがれて受験する者がいるくらいだ。

ヨシノは「リディア」の参加を望んでいたわけではないが、もちろんその名を知っていた。ここで「リディア」と出会えるとは……出来すぎた展開ではあるが、幸運ではある。

「プロト・グレンデルごとき、私たちふたりで十分――ロッテ、征きましょう！　錬骸結晶を発動、術式を全解放！」

「了解！　術式発動！」

指揮官の叫びに部下が応じる――直後、色とりどりの光が煌めき始める。

錬骸結晶とは、モンスターから得られる錬骸素材を特殊な方法で結晶化したものだ。錬骸術が素材の調合による反応に対し、錬骸結晶は使用者本人に能力を与えるものといえる。

数年前に実用化されたばかりの技術で、新技術の受容に抵抗の少ない、「リディア」をはじめとする若手の狩竜師たちを中心に、爆発的に広まりつつある。

錬骸結晶の種類や使用者への効果は様々だが、大分すると身体能力の向上と魔力の付加のふたつとなる。ふたりが所有している錬骸結晶は、前者のタイプらしい。

ヨシノとしても、錬骸結晶で実戦に挑む狩竜師を見るのは初めてだった。

プロト・グレンデルも、目の前の敵がただならぬ相手と悟ったらしい――錬骸結晶の輝きを目撃した途端、これまでにない大きな咆哮をあげつつ突進を開始する。

そして、プロト・グレンデルの巨大な前腕がふたりに襲い掛かろうとした、瞬間――。

「ロッテ、一撃で決めましょう――クロス・ストライク！」

「了解！　こんのぉぉぉぉぉ！」

刹那、ふたりの姿が消え――次の瞬間には、大剣を振り切った姿勢のままプロト・グレンデルの背後にいた。プロト・グレンデルも、固まったように動かなくなっている。

数秒の沈黙の後、プロト・グレンデルの首が「×」を描く字に裂け、そのまま頭部が地表に落下。続けて胴体も膝から崩れ落ちる。

ヨシノは唖然とするほかなかった。

巨大なモンスターであるプロト・グレンデルを、「リディア」の学生狩竜師たちは、たったふたりで、しかも一撃で仕留めたのだ。

どこからともなく、周囲から歓声と拍手が沸き上がる――リディアのふたりをプロト・グレンデルに誘導しながら広場に来た街の人々が、「リディア」のふたりに喝采を送っているのだった。ただ、ヨシノと、ヨシノが助けた老夫婦だけは、複雑な表情となっている。

ふたりの狩竜師は、まったく呼吸を乱していない状態で、手にした大剣を軽々と持ち上げ、プロト・グレンデルの赤い血を振り払った。

指揮官の少女がヨシノに振り向き、見下すように言った。

「その制服……アーネンエルベの『ドーラ』への新入生ですよね？　まったく無茶なことを……先ほどのゴーレムの乗り手にも伝えておいて下さい。入学後は『ドーラ』らしく、身の程をわきまえた行動をこころがけてください、と。でないと……死にますよ」

「……パンターは、ゴーレムじゃ、ないです……」

しかし、ヨシノのその気弱な反論も、「リディア」のふたりを褒めたたえる喝采の大合唱に、掻き消されてしまうのだった。

4

聖イシュトバーン王国の王都アクインクムは王国最大の都市だった。市内にはダーヌビウ川が流れ、市街地を西のアクイン地区と東のクム地区に分断している。

トウヤたちが目指すアーネンエルベ狩竜師学校はクム地区にあった。少し離れた場所には「王宮の丘」と呼ばれる丘陵があり、そこには政治の中枢、アクインクム宮殿がある。

二日後の早朝、クム地区のメインストリートを、トウヤとヨシノを乗せたパンターが、ゴロゴロと重苦しいエンジン音を立てながら進んでいた。

アクインクムの人々にとっても、パンターは異形の物体のようで、誰もが恐怖と驚きの視線でトウヤたちを見つめていた。

「……まぁ、予想していた通りの反応よね……」

車体前部に腰かけたヨシノが、居心地悪そうに呟いた。

「私だって、パンター以外の戦車なんて、見たことないくらいなんだから……」

「オレに同行しなくても、別によかったんだぞ？」

操縦席から顔を出しながら答えるトウヤ。トウヤの場合、これまで故郷やその近辺で頻繁にパンターを乗り回していたため、戦車を知らない民衆の反応には慣れ切っている。

「おじさんに頼めば、馬くらいは借りれたんじゃないか？」

ヨシノの実家は牧場主で、狩竜師ギルドや軍に馬を提供している。

「女の一人旅は危ないから一緒に行けってお父さんに言われたの、前に説明したでしょ」

　ヨシノはため息をひとつ。

「戦車……ね。ホント、誰がこんなもの創り出したんだか」

　戦車の正体については、トウヤの祖父の遺した言葉によると、神話で語り継がれる最終戦争、いわゆる黙示戦争で、神々によって召還された兵器だという話だった。黙示戦争において、戦車は同じ戦車と戦うための存在で、戦車とともに召還された精霊を乗り手とし、集団で戦闘を繰り広げたという。

　もちろん、錬骸術が発展した昨今では、おとぎ話にしか思えない。どちらかというと、聖イシュトバーン王国の歴史が始まる以前の古代国家が未知の技術で作り出した機械人形と考えたほうがしっくりくる。

　謎といえば、どうしてＶ号戦車パンターが「Ｖ号」で「パンター」なのかも謎だった。「パンター」、つまり豹はパンノイア平原に生息する肉食動物で、王国の聖獣にもなるほどメジャーな存在だが、どうして「Ｖ号」なのかは、祖父にも教えられていない。

「でも、こいつのおかげで、エゲルの街ではどうにかなったんだから、少しはこいつを褒めてやってくれ」

「それはやぶさかじゃないわよ。けど、オチがあれじゃあね……」

　結局、プロト・グレンデル撃破の功績は、「リディア」の、たったふたりの狩竜師のものとなり、プロト・グレンデルから入手された錬骸素材も彼女たちが持ち帰ることになった。ふたりがエゲルの街を去るとき、民衆は大歓声でそれを見送った。民衆の「リディア」人気は相当なもので、人々の反応は自然といえる。

一方、トウヤのパンターは、教会に突っ込んだ際の損傷でまる一日の修理が必要となり――そのおかげでトウヤとヨシノは入学式に間に合わず、その翌日の今日になってアクインクムに到着、アーネンエルベ狩竜師学校に向かっているというわけだった。

在籍が成績序列最下位の「ドーラ」で、入学式もすっぽかすことになった――トウヤのおかげで老夫婦の命を救えたとはいえ、ヨシノは気が晴れないようだった。

一応、教会の修理費は、老夫婦を救う時間を稼いだことが認められて免除となり、学校側にも遅刻の理由を伝えてくれるとの話を聞けたのが、不幸中の幸いだったが……。

「せめて、この砲身の謎さえ分かればなぁ……」

ヨシノの懸念についてはなにも気にしていないように、トウヤは後ろを振り返った。

視線の先には、パンターの上半身と、その前面から突き出る巨大な円筒があった。トウヤの祖父は、上半身全体を砲塔と呼び、円筒を砲や主砲、あるいは砲身と呼んでいた。

上半身を砲塔と呼ぶのは、城郭に見られる小塔に構造が似ているので、納得できる。

だが、円筒の呼び名については類似のものがなく、その存在意義を含めて、まったくの正体不明だった。砲という単語が王国の公用語に存在せず、現状ではただの「長い円筒」という意味合い以外、窺い知れない。

「こいつがたぶん、パンターの〝本当の〟攻撃力の要だと思うんだけどな……」

トウヤは祖父からパンターの扱い方について、操縦と整備以外を学べなかった。理由は、それ以前に祖父が亡くなってしまったからだ。

おかげで今のふたりにとって、トウヤの祖父がどうやってパンターで戦っていたか、完全な謎となっている。故郷を訪れた少数の狩竜師や、行商のドワーフ、人間よりも遥かに長い年月を生きるエルフなどにも話を伺ったが、結果はおなじだった。

このためトウヤは、自分が出来る唯一の「将来、機甲狩竜師になるための手段」として、日々整備を行い、操縦の訓練を重ねるほかなかった。

プロト・グレンデルとの戦いで敢行した（そして失敗した）体当たりも、そうした制約の中でトウヤが生み出した、唯一無二の戦術だ。

「固定式の弩弓や投石機みたいな使い方も考えたんだけど、機構的に無理だし、それなら錬骸術を使ったほうが早いしなぁ……」

長年自分を悩ませてきた難題については、さすがのトウヤもぼやき気味になる。

「でも、じいちゃんは確かにパンターで戦っていたんだ。もしかすると、じいちゃんも体当たり以外知らなかったのかもしれない。だとするならば、オレも同じ方法で、モンスターと戦えるはずだ！」

「はぁ……そのやる気だけは、いつもすごいと思うんだけどね……」

ヨシノは呆れ顔になりながら、パンターの砲塔を見つめる。

「私はこのパンター、本当はモンスターと戦うためのものじゃない気がするんだよね。だって、これが村に一両あっただけで、みんな大助かりだったじゃない」

複雑な表情になるトウヤ。

故郷のオゾラ村では、トウヤのパンターは狩竜師の武器ではなく、背後に取り付けた大型の鍬で村の畑を耕したり、体当たりで森林を伐採したり、木材や岩石などの重量物を運搬できる、ただの「農作業に（とてつもなく）便利な道具」として扱われていた。

トウヤとしては不服だったが、パンターで村の仕事を手伝えばバイト代が手に入り、それで燃料や予備部品を、近隣の山間部に住むドワーフに発注できるので、文句も言えない。

このため、オゾラ村でのパンターの人気はかなりのもので、トウヤがパンターを連れて村を出ると言い出した時には、村の老人たちとひと悶着があったほどだ。

「その謎を解くためにも、オレは何が何でもアーネンエルベに入学したかったんだ」

トウヤは自分を奮い立たせるように頷いた。

アーネンエルベは王国唯一の狩竜師学校で、きっと祖父もそこに通っていたはずだ。であれば、機甲狩竜師になるための教育も受けられるはず。教育の機材として、パンター以外の戦車が使われている可能性も高い。

戦車と機甲狩竜師が、マイナーな存在であることはトウヤも自覚している。

しかし、アーネンエルベは違うはずだ——それがトウヤの信念であり、希望だった。

「アーネンエルベには、全ての答えがあるはずだ。幸い、私物の装備として持ち込みは許可されたから、こいつとも一緒にいられるしな」

トウヤはパンターの車体上面を拳骨で軽く殴った。

「『ドーラ』だろうがなんだろうが、アーネンエルベで同志を得られたなら、こいつの全力を発揮させて、『アントン』にごぼう抜きで達してみせる！　じいちゃんと同じ機甲狩竜師の英雄になるなら、それが一番の近道だからな！」

トウヤの眼中には、まっとうな狩竜師になる選択肢はなかった。とにかくパンターの全力を発揮させて、『アントン』に駆けあがることしか考えていない。

皮肉に微笑むヨシノ。

「体当たりしかできないなら、乗組員はトウヤだけでもいいじゃない。操縦上手いんだし」

「オレは見張り役で十分だ。オレが操縦していては、こいつの力を引き出せない」

「謙虚(けんきょ)ね。トウヤらしくもない」

「爺ちゃんの技量を見ているからな。だから、アーネンエルベでは戦車の資料だけでなく、パンターを一緒に動かす同志も探す。戦車好きの同志が集まれば、クラスの垣根(かきね)を超(こ)えて協力できるはずだ。戦車好きに悪い奴(やつ)はいない――だから、全てはそこからだ」

「……やる気を出すのはいいけれど、くれぐれも私を面倒(めんどう)に巻き込まないでよ」

ヨシノは釘(くぎ)を刺(さ)すように言った。

「一昨日(おととい)みたいなのは仕方がないけど、私はあくまで普通(ふつう)の狩竜師になりたいんだから」

子供の頃(ころ)はよくトウヤと一緒にパンターで遊んでいたヨシノだったが、最近は疎遠(そえん)となっており、ヨシノ自身もトウヤとは別の道を歩みたいようだった。

「あと、私にこれまでみたく馴(な)れ馴(な)れしくしないで。理由は……わかっているわよね?」

「はいはい……オレもお前みたいな女と変な噂(うわさ)になるのは御免(ごめん)だよ」

トウヤ自身、ヨシノを純粋に可愛(かわい)いとは思っているが、それ以外の感情を抱(いだ)いたことはない。ヨシノが自分の世話を焼いてくれるのは、ただの幼馴染(おさななじみ)だから、と思っている。

「ま、オレの右目はこんなだから、こっちでも近寄らないほうがいいかもな」

トウヤは笑いながら右目の眼帯に触(ふ)れた。

「前の学校でもマフィアや邪眼持ちだって噂されたこともあったし……そんな能力があったら、オレだって苦労しないっていうのに。なぁ？」

冗談を言うように尋ねるトウヤだが、ヨシノの表情が急に陰っていくのに気付く。

何か、忘れてはならないことを思い出しているかのようだった。

「どうした、深刻な顔して？」

「な、なんでもない！　ええ、是非そうさせてもらうわ！」

「……変なヤツ」

ヨシノは咳払いをして話題を変えた。

「ところで、前回の故障の原因になったカピバラは、全部駆除したんでしょうね？」

「駆除したもなにも……」

トウヤは口笛を吹いた。すると、例のカピバラが一匹、操縦席の隙間から顔を出す。

「なんでそんなのがいるのよ⁉」

「ネズミ捕りのペットにちょうどいいじゃん。きちんと餌をやれば、悪さはしないさ」

「何その斜め上の発想……⁉」

「あ、そういえば名前を決めてなかったな……よし、お前はカピ太だ。決定！」

トウヤの意思が伝わったのか、「きゅー！」と嬉しそうに鳴くカピバラ、もといカピ太。

「ほら、カピ太も嬉しそうじゃないか」

「私は嬉しくない！」

「じいちゃんも、モンスター討伐で食糧不足になったときは、車内のネズミを捕って食ってたって言ってたからな。いざという場合に備えて、まるまる太らせてやろう」

「きゅ、きゅー!?」

怯えるような鳴き声のカピ太。

「ほら、やっぱり嬉しそうだ」

「どこをどう聞けば!?」

そうこうしているうちに、前神代様式の荘厳な建造物がメインストリートの先に現れた。

他でもない、ヨシノとトウヤの入学先、アーネンエルベ狩竜師学校だ。

門前には、王国の聖獣である豹の石像と、同じく豹を意匠とした紋章を記した旗が飾られている。近くでは登校途中の生徒たちが、驚きの形相でパンターを見つめている。

正門をくぐると、パンターに注目する生徒の数はさらに増え、無数のどよめきが校庭に満ちる。

中にはパンターをゴーレムやモンスターと本当に勘違いし、大慌てでそれを叫びながら駆け出していく生徒もいる。このままではちょっとしたパニックになりかねない。

そうした様々なものに気が付かないまま、トウヤが感嘆深そうに呟いた。

「ここが、アーネンエルベ狩竜師学校……」

戦車狩竜師になることを決意して、はや一〇年。ついに自分は、その聖地へと辿り着いたのだ。まだ見ぬ同志、まだ見ぬ戦車との邂逅に、期待が膨らんでいく。

と、ヨシノが半ば青ざめた表情で、トウヤに小声で尋ねた。

「トウヤ、悪いんだけど、パンターの速度を上げて。それで、急いで校舎に……」

ヨシノと付き合いの長いトウヤは、それだけですべてを悟った。

「ああ、それなら車内の例の容器を使って済ませてくれ」

一瞬で顔を赤くするヨシノ。だが、トウヤはそれに気づかず、躊躇いなく続ける。

「どうした？　いたくなっちゃったんだろ？」

ヨシノの顔がさらに赤く染まった。このままでは頭頂から湯気が噴き出しかねない。

「あ、あんたって、どうしてそんなふうにデリカシーがないの⁉」

「違ったか？」

「違わないけど！　でも、そういうのは普通、口にしないものでしょ⁉」

「だって、昔は普通にそこでしてたじゃん」

「だからって！」

「それに、使わないともったいないじゃん、例の容器」

「例の容器っていうな！　だいたい、なんでパンターには、それがいっぱいあるのよ!?」

「俺に聞かれてもなぁ……」

トウヤは後頭部をポリポリ掻きながら、パンターの操縦席後方を見つめた。

そこには例の容器こと、多数のミルク瓶のような物体がラックに収納されていた。パンターの車内には同じようなラックが至る所に置かれ、〝例の容器〟が大量に並べられている。

トウヤはこの装備を、祖父から、ある生理的欲求の対処のためのものと聞かされていた。

確かにそう考えれば、手頃な大きさのような気がする。もしかすると、狩猟の際に必要となる食材や飲料水、解体したモンスターから得た錬骸素材の運搬にも使うのかもしれなかったが、そこまでは祖父が教えてくれなかったため、推測の域を出ない。

ヨシノは勢いよく立ち上がり、修羅の形相でトウヤを指さした。

「これだからトウヤは子供なのよ！　戦車にしか興味のないバカ、戦車バカ！」

「戦車バカ!?　オレにとっては最高の褒め言葉だな！」

「しまった、藪蛇だったか……！」

「さぁ、オレをもっと罵ってくれ！　さぁ、さぁ！」

「誰が言うかぁっ！」

と、ヨシノの顔が、みるみるうちに蒼白になっていく――臨界点が近いようだ。

「……ごめん、その、本当に急いでもらえると、助かる……」

「だから、例の容器で……」

しかし、ヨシノの人を呪殺しかねない視線を背中に感じ、ため息とともに応じる。

「了解」

――そのとき、校舎の隅に、トウヤたちをじっと見つめるひとつの人影があったが、それにトウヤが気づくことはなかった。

5

「戦車が一両もない⁉」

素っ頓狂な声を上げたのは、ヨシノではなくトウヤだった。

アーネンエルベ狩竜師学校の職員室。あまりの声の大きさに、もとから集まっていた衆目をさらに集めてしまう。

ふたりは校舎に到着した後、本来なら入学式までに済ませておくべきだった入学手続きを行うため、ここを訪れたのだった。

ふたりはここでも注目の的だった。職員室の教師たち、そして、ふたりを追うように職員室を訪れた生徒たちも、ふたりの一挙一動を見つめている。どうやら、パンタし——謎の鋼鉄の塊で登校した生徒として、すでに噂が広まっているらしい。

トウヤが信じかねるように続ける。

「戦車が一両もないなら、機甲狩竜師になるための勉強は、どうやってするんですか⁉」

「そもそも、機甲狩竜師という言葉自体が、意味が不明なのよね……」

ふたりの目の前に座る女性教師が答えた。

クリス・J・ダニガン。先ほど受けた説明によると、彼女が「ドーラ」クラスの主任教師ということだった。亜麻色の長い髪が特徴で、大人びた雰囲気がある。ただし、表情にはあからさまな困惑が浮かんでいる。

「アーネンエルベの教育カリキュラムに、機甲狩竜師についての内容はひとつもないわ。私も機甲狩竜師がどんな狩竜師なのか、想像がつかないくらいだし」

「でも、面接でオレは確かにそう言って、それで……！」

「言っただけで、それが評価されたのかも貴方にはわからないし、カリキュラムの中身を確認したわけじゃないでしょう？」

ぐうの音も出ない正論。しかし、トウヤは抵抗を続ける。

「じゃあ、機甲狩竜師や戦車についての資料は……!?　オレの爺ちゃんは機甲狩竜師で、間違いなくこの学校にいたはずなんだ！」

「私が調べたところだと、アーネンエルベに機甲狩竜師や戦車の資料はなかったわ。たぶん、貴方の祖父が在籍したという記録もないと思う」

「そんな……」

「さっきと同じように、貴方の思い込みだったんじゃない？　かつてそのような狩竜師がいたとしても、はるか昔の話なのでしょうね」

「なんてこった……」

がくりと肩を落とすトウヤ。連続した精神的打撃により、しばらく起き上がれそうにない。

クリスがため息をつくように肩を落とす。

「繰り返すけど、機甲狩竜師という単語自体、ほとんど聞かないものなのよ。少なくとも、現在の狩竜師業界で、そんな肩書の狩竜師はいない」

そういえば、祖父に憧れるあまり、機甲狩竜師たちの現状がどうなっているのか、子細に考えたこともなかった。マイナーな存在だとは思っていたが、まさかそこまでとは……。

「でも、オレのパンターの持ち込みは許可されて……」

「あんなものが『私物の装備』だって知っていたら、許可はしていなかったわ。狩竜師の主な装備は、あくまで剣と魔法、それに錬骸結晶なんだから、まぁ、あんな鋼鉄の塊、役に立つとは思えないけど……」

「そんな……ことは……」

普段なら猛然と反論しているところだが、あまりのショックの大きさに口が開けない。

アーネンエルベにおける機甲狩竜師の扱いがこれでは、自分とパンターを動かしてくれる戦車好きの同志など見つかりようがない。

下手をすれば、退学まで一直線となる。

幼馴染の窮状を見かねたのか、ヨシノが手を挙げた。

「あの、ひとつ質問が……」

クリスはヨシノに向けて明るく言った。

「貴方がヨシノさんよね。筆記試験で答案すべての名前を書き忘れたっていう！　教員の間でも話題になっていたのよ、どんな間抜けな子なんだろうって！」

「き、恐縮です……」

実に嬉しくなさそうに答えるヨシノ。この教師、意外と空気が読めないのかもしれない。

「それで、『ドーラ』クラスに月一で課せられる『成果』ですが、具体的にはどれくらいの『稼ぎ』になるのですか？」

「あら、気が早いわね。ま、退学になるようなハメにはなりたくないか。名前さえ記入してれば確実に『アントン』に入れたはずの学力もあるわけだし」

「……できれば、事前に確認しておきたいと思いまして」

　クリスは続けた。

「『成果』に明快な基準はないわ。学校側が『この連中は見込みがある』と判断できる中身ならなんでもいい。逆に、『この連中には見込みがない』と思うような内容だと、何をやってもダメ。狩竜師だからって大食いが得意でも、意味はないでしょう？」

「それはそうですが……でも、明確な基準がないって、変じゃないですか？」

「明確な基準が分かったら、貴方たちは相応の努力しかしないでしょう？　遠大な目標だと感じたら、そこで諦めてしまうかもしれないし。これも貴方たちのためのことと考えて」

「そんな……」

　理屈では理解できるが、感情では納得できない――。

「でも、ひとつだけ、分かりやすい『成果』の稼ぎ方があるわ」

「それは……？」

「狩竜ミッションの成功」

ヨシノは息を詰まらせた。つまりそれは、「リディア」のように、実際にモンスターと戦えということだ。

クリスは涼しい顔で言った。

「生徒たちが狩竜ミッションに参加することは、珍しい事ではないわ。『リディア』のように生徒たちがギルドを自主的に組んで、というだけでなく、学校側が主導してミッションを受領、チームを派遣する場合もある。最近はどこもかしこも人手不足みたいだから」

その話はヨシノも聞いたことがあった。

もちろんその原因は錬骸術の発達だ。ここ数年、錬骸術の材料である錬骸素材の需要は高まるばかりであり、狩竜師たちはその確保に奔走することになっていた。

このため、かつては凶暴なモンスターの巣窟とさえいわれていた王国の四方に広がる辺境でさえ、最近は狩竜師たちの新たなフロンティアとなりつつある。

そして、実力を持つ狩竜師たちの多くが辺境に向かうようになったがために国内での狩竜師の〝空洞化〟が起こり、その穴を埋めるために、「アーネンエルベ」の生徒たちが、学生狩竜師として前線に出向くチャンスが多くなっているのだった。

「このご時世、錬骸素材の需要はどんなものでも常にあるわ。だから、学校が提示する任務は多種多彩。貴方たちもそれに付随した任務を受領して、『見込み』を示すチャンスを与えられる、というわけ。なんだったら、『リディア』のように自分たちで依頼主と交渉して、『戦果』が証明されるようなミッションを受領してもいい」

「…………」

「大丈夫、落ちこぼれの『ドーラ』の生徒たちが、まともな任務を達成できるなんて、誰も思っていないから」

クリスは気楽に笑った。

「とりあえず、命を落とす危険の少ないミッションをこなしていけば、『見込み』は示せるはずよ。貴方たちにチームワークなんか最初から求めてないし……私もほとんど教室に顔を出さないつもりだから、好きにやってみなさい」

「教室に顔を出さないって……先生は『ドーラ』の主任じゃないんですか!?」

「これでも他のクラスの教員と掛け持ちしている、忙しい身なのよ」

「そんな!? じゃあ、授業はどうなるんですか!?」

「基本、自習ね。貴方たちみたいな落ちこぼれに、人員や予算を割くのもアレだし」

青ざめるヨシノ。授業もなく、教師もなく、とりあえずやるべきことは実戦での鍛錬——思っていた以上にろくでもない扱いだと感じてしまう。

「はい！　これで私のお話はおしまい！　あとは君たちの頑張り次第！　ふたりとも、頑張ってね！　先生、応援しているから！」

　クリスはそう言って話を打ち切ると、わざとらしく右手をぐっと握りしめた。

「主に、自習を！」

6

「ちょっと、いい加減に立ち直りなさいよ」

「お、おう……あと少し……このままでいさせて……」

「まったく……」

　ため息をつくヨシノ。目の前には、教室の机に突っ伏したトウヤの姿がある。

　編入手続きの後、ふたりは教室に向かうよう指示されたのだった。

　教室は本校舎の裏の、廃墟一歩手前の旧校舎の中にあった。アーネンエルベでの「ドーラ」の扱いが如実にわかる場所だ。

　椅子と机は何十かあるものの、他の生徒はまだひとりも登校していない。

　机に顔をうずめたままのトウヤから視線を外し、遠くを見つめるヨシノ。

「ま、私は別に機甲狩竜師に執着があるわけじゃないから、別にいいけどね。求められる

『成果』があの程度なら、私でもどうにかなりそうだし」

「だろうなぁ……」

疲れ切った声のトウヤ。一応、返事をする気力は残っているらしい。

「まぁ、それについては応援するよ。お前みたいな奴がここにいる意味ないしな」

「何よそれ、せっかく心配してあげてるのに」

「どこかだよ……」

とはいえ、このまま落ち込んでいても生産的でないことは確かだった。

今後のことはこれから考えよう……トウヤは気持ちを切り替えると、深いため息をつきながら顔を持ち上げた。

と、トウヤは自分の視線の先に、異様な物体があることに気づいた。

思わず言葉を失ってしまう。ヨシノもそれに気づき、同じように絶句する。

大きなビヤ樽が、教室の入り口にあった。

しかも、机に向かって少しずつ移動している。

ヨシノが呟いた。

「あれ、何……？　新手のモンスター？」

「普通に中に人間が入っているんだろうけど……」

トウヤはビヤ樽に近づいた。樽もトウヤの足音に気づき、びっくっと動きを止める。

「あの……どなたか入っているんですか？　入っているんですよね？」

ビヤ樽は答えない。

「この教室に来たということは、オレたちと同じ、『ドーラ』の生徒？」

ビヤ樽は答えない。

トウヤは腕を組んで思案すると、いきなりビヤ樽を両手で掴もうとした。だが、両手はビヤ樽をすり抜け、ざわざわとした感触の、別の何かを掴んでしまう。

「なんだこれ……髪の毛!?」

「ひいぃぃっ！」

突然、ビヤ樽が消滅。代わりにゴトッと何か重いものが落ちる音とともに、しゃがみ込んだまま慌ててトウヤから距離を取る、一人の少女が姿を現した。トウヤたちと同じ「ドーラ」の制服を着ている。

そして、トウヤの足元に、ゴロゴロと転がっていく、直径数十センチの巨大な水晶玉。

少女は泣きそうな顔で恐る恐る顔を上げ、トウヤを見つめた。トウヤも視線を合わせる。

突然、少女は悲鳴を上げた。

「ゆ、許してください、許してください、許して下さいぃぃぃぃぃぃぃぃ！」

「お、おいー!?」

「ひぃぃぃぃん!」

少女はそのままの姿勢で素早く移動し、教壇の裏に隠れてしまう。その後、泣きべそをかきながら教壇越しにトウヤと、トウヤの足元のに水晶玉を確認——さっと姿を隠す。まるで警戒心の強い猫のようだ。

トウヤは絶句していた。状況の理解に脳が追い付かないが、ひとつだけ確信している。

この少女は、間違いなく自分たちと同じ、落ちこぼれの「ドーラ」の新入生……!

と、再び入り口から声。

「ちはー! って、あれー、見かけない顔がふたり? あ、そっか、君たちが、入学式に間に合わなかった新入生なんだねー?」

軽妙に言葉を発しながら、軽快な足取りで教室に入ってくる新たな少女。

自分たちと同じ、「ドーラ」の制服を着ている。茶色のセミロングの髪が印象的だ。

新たな少女は教壇に近づき、後ろでうずくまったままの少女に声をかける。

「フィーネちゃん、ちわー! って、水晶玉持ってないじゃん!? 大丈夫!?」

フィーネと呼ばれた少女は、目に涙を浮かべながら、ふるふると顔を振って、視線だけをトウヤとトウヤの足元に向けた。

それだけで少女は状況を理解したらしい。大きく頷く。

「わかった。じゃあ、ちょっと待っててね？」

少女はさっとトウヤに近づくと、水晶玉を大切そうに持ち上げて胸元に抱えた。そして、トウヤに顔をぐいと近づける。唇まで数センチ——。しかも、胸元のボタンが程よくはだけているため、そちらにも目が行きそうになる。

「悪いけど、この水晶玉、返してくれない？　そこで震えている子の大切なものなんだ」

「返すも何も、オレは何もしてない……」

「そっか。じゃあ、別にいいよね」

「お前は……」

「あー、ごめんごめんー。自己紹介がまだだったねー」

背筋を伸ばして、気を付けの姿勢になる。

「私、サツキ・ニイジマ。アーネンエルベ狩竜師学校、クラス『ドーラ』の一年生！　特技は誰とでも友達になれること！　よろしく！」

元気よく自己紹介するサツキ。

「君がトウヤ・クリバヤシで、そちらがヨシノ・ハルコネック……だよね？」

「ああ……っていうか、名前、どうして」

「昨日のうちにクリス先生に聞いておいたんだ。みんなと仲良くなりたいしね！」

そうしてサツキは教壇の後ろのフィーネに近寄り、水晶玉を渡した。フィーネは救われたような表情で水晶玉を受け取り、それを抱え込む。

その瞬間、フィーナの姿は消え、代わりにビヤ樽が姿を現す。

トウヤは息を呑んでいた。どうやら、フィーネが抱えている水晶玉はマジックアイテムで、持っているものをビヤ樽に見せかけてしまうような、特別な力があるらしい。

「ふう！　これで一安心。もう大丈夫だからね、フィーネちゃん！」

ガタガタと揺れるビール樽。もしかすると、感謝の意思表示なのかもしれない。

ヨシノがトウヤの後ろからサツキに尋ねた。

「あの、いくつか、聞いていい……？」

「はい、ヨシノちゃん」

「ちゃん付け……は、まぁ、いいとして、まず、そこのビヤ樽の子は？」

「フィーネちゃんのこと？　フィーネちゃん、ちょっとだけでも顔を出して、みんなに自己紹介しようよ」

ガタガタと揺れるビヤ樽。先ほどと同じ揺れ方に見える。

「ごめーん、ダメだって」

「なんで今ので分かるの⁉」

「フィーネちゃん、とんでもなく人見知りだからねぇ……」

「いや、それは察しがつくけど！」

「あと、フィーネちゃんからの伝言。えーっと、ちょっと長いけど我慢して聞いてね。

『はじめまして。私のことはフィーネとお呼びください。皆さんと同じ「ドーラ」生徒ですので、よろしくお願いします。ただ、人前で話すのが少しだけ苦手な性格なので、この姿での対面をお許しください。あと、水晶玉は私の大切なものなので、あまり触らないでください』……だって！」

「そ、そうなんだ……」

「少しだけ」という表現はどこまで本気なのか、水晶玉の正体は何なのか、そもそもどうやってそんな長文をサツキに伝えたか――などが気になったが、このタイミングで聞くのは野暮のような気がする。

「ところで、トウヤちゃんって、本当に機甲狩竜師ってやつになるつもりでここに来たの？　ふたりが入学した理由も聞いているんだけど、一応、確認しておこうと思って」

　トウヤは力強く頷いた。

「ああ。一応、本物の戦車も私物として持ち込んでいる。V号戦車パンターって名前だ」

「本物の戦車⁉　ちょーすごいじゃん！　後で見せて！」

「別にいいけど……お前、戦車がどんなものか、知ってるのか？」

「全然知らなーい。でも、だからこの目で見てみたいと思って」

至極普通の答えだった。

「ちなみに、あたしは筆記試験がボロボロだったけど、面接でお目こぼしをもらったらしく、問題なく『ドーラ』で入学できました！　あたしってちょーラッキー！」

Vサインを見せながら、衝撃的な事実を口にするサツキ。

「……つまり、オレと同じ、完全な落ちこぼれってことか」

「まぁね。でも、勉強できればどこでもよかったから。ここの制服、かっこいいし！」

くるりと回転してスカートをひらめかせるサツキ。

「でも、本当に機甲狩竜師になるつもりなら、これは一波乱ありそうだねぇ……」

「どういうことだ？」

「うーん、これも本人の口から聞いた方がいい気がするなぁ……」

「本人……？」

「うん。残りひとりの新入生のこと」

「残りひとり⁉　じゃあ、『ドーラ』は全員で五人ってことか⁉」

思わずサツキの両肩を摑むトウヤ。サツキはちょっとどころではなく驚きながら答える。

「そ、そうだよ……トウヤちゃんって、意外と積極的なのね……」

トウヤはサツキの言葉など聞いていなかった。ガッツポーズを取る。

「ヨシノ、聞いたか！『ドーラ』が五人なら、どうにかなるかもしれないぞ！」

「意味がわからないんだけど」

「じいちゃんが言ってたんだ。パンターが本当の能力を発揮するには、五人の力が必要だって。つまり、アーネンエルベで同志を集めなくても、この五人でチームを組んでパンターを操れるようになれば、『成果』も楽々稼げるかもしれないってことだ！」

「五人って……最初から乗組員に数えないでよ！　私を含めて！」

「説得の方法についてはあとから考える！　よし、希望が出てきたぞ……！」

「残念ながら、そうはならないだろう」

再び、入り口から声——トウヤとヨシノは振り向き、あっと口を開いた。

そこには、もうひとりの少女の姿があった。おそらく彼女が五人目の新入生なのだろう。

しかし、トウヤには、素直にその想像を肯定することが出来なかった。いや、同じアーネンエルベの学生にさえ見えない——なぜならば。

「今日からこの『ドーラ』は、私の導きの下、まっとうな狩竜師となるための、まっとうな鍛錬の場となるからだ」

　少女は白銀の髪を揺らしながら教室に入り、刃のように鋭い声で語りかけた。

「戦車などという訳の分からないモノに頼るより、剣と魔法に頼ったほうが、絶対的に上位のクラスに這い上がるための良策だろう。そしてそれは、巡り巡って王国の安全、ひいては民の安全に繋がっていく」

「お前、何を言って……」

「それが私、シェルツェ・パウルの――騎士としての高貴な義務だ」

　シェルツェの額には、彼女が騎士の家系に連なることを示すフェイスガードが。背中には、巨大な大剣が。

　そしてその全身には、エゲルの街でトウヤとヨシノが目撃した「プロイエクト・リディア」と同じ騎士装束が、微かな極彩の光とともに纏われていた――。

第二章　騎士対戦車

1

「リディア」の騎士装束を着た少女——シェルツェ・パウルの言葉は、水の上に生じた波紋(はもん)のように、静かに教室に響(ひび)き渡った。

「リディア」といえば、アーネンエルベの「アントン」クラスの少女たちが、自主的に運営しているギルドだ。エゲルの街で示されたとおり、精強、かつ、もっとも知名度の高いギルドといえる。

しかも、額のフェイスガードは、王国では名のある騎士以外の着用を認められていないもの。王国における騎士は、かつて王国の成立に貢献(こうけん)した貴族の家系で、その受勲(じゅくん)にふさわしいと判断された者のみが得られる称号(しょうごう)で、つまりは領主階級ということになる。

ヨシノは息を呑んでいた。先日に引き続き、再び「リディア」の装束を纏(まと)った騎士を目の前にしたのだ。

しかも、場所は「ドーラ」の教室——理解が追い付かない。

「私の導きって……どういうこと？」

「言葉どおりだ。この『ドーラ』は私の指導により、全員で上位クラスに到達させる」

　シェルツェは静かに語りかけた。

「私は昨年まで『アントン』に属していたが、とある事情により『ドーラ』に自分から下った。そして、この姿を見てわかる通り、私は『プロイェクト・リディア』の一員だ。狩竜師としての戦技は人並み以上に長けている。私を中心に鍛錬を行えば、必ずや全員が『成果』を収め、半年後には『ドーラ』を脱出できる」

　畳みかけるように全員を見回す。

「我々には時間がない。うかうかしていると、『成果』を示す余裕さえ失い、全員が退学になる。その意味で我々は一蓮托生であり、協力は可能なはずだ。戦車などという胡乱なものにかかわっている余裕はない」

　シェルツェは全員を見回し――そして、最後にトウヤに視線を合わせて言った。

「……以上が、私の意志と意見だ。どうだ？」

　トウヤはむっつりした表情でシェルツェを見つめていた。

「ひとこと、言っていいか」

「なんなりと。私は正論を言っているつもりだからな」

動じることなく微笑むシェルツェ。まさに騎士の余裕——育ちの良さがそれだけでわかる。

トウヤはうなずくと、シェルツェにはっきりとした発音で言った。

「断る」

シェルツェは眉間を歪めたが、かろうじて平静を保ち、静かに尋ねる。

「理由を教えてもらう。私としては、もっとも合理的な判断だと自負しているが」

「俺がイヤだからだ」

「……ッ！」

「なにが『まっとうな』狩竜師だ。戦車を扱う機甲狩竜師が『まっとう』でないような言い方しやがって」

自分を睨み付けるシェルツェに、トウヤは挑むように続けた。

「じいちゃんは、パンターでモンスターと戦っていた英雄なんだ。それを『まっとう』じゃないように語るような奴に従いたくない」

「なんだと……」

「それに、じいちゃんは、パンターは本当は五人で動かすものだって言ってた。つまり、ひとりひとりが無力でも、五人が集まれば、それだけでモンスターと戦える力を持てるってことになる。オレたちみたいな落ちこぼれにはうってつけだ。お前の指導より、はるかに短時間で上を目指せる」

「それは貴様の戦車とやらが、本当にモンスターと戦える力を持っていた場合だ！　ゴーレムのできそこないのようなものに頼れというのか？」

「この中でパンターに一番詳しいオレが言っているんだぞ」

「信用できるか！」

「そっちだって信用できない。そもそも、どうしてこんな場所に、わざわざ『リディア』の騎士装束で現れたんだ？」

「学校側から認可されているからに決まっているだろう」

「その認可を利用して、初見で俺たちをビビらせることで従わせようとする気が満々じゃないか。何が騎士だ。『高貴な義務』が聞いてあきれるぜ」

「貴様……言わせておけばっ！」

「ストップ！　ふたりとも、ちょっと待って！」

ヨシノが慌てて両者の間に入った。

「出会っていきなり口論とか、おかしいでしょ！　あと、私たち他の三人の意見も確認せずに、勝手に話を進めないで！」

「しかし、他にベストな選択もあるまい」

腹だたしさを抑えつつ答えるシェルツェ。

「私の鍛錬に付き合えるということは、『アントン』の、そして『リディア』の強さの秘訣を学べるということだ。貴様たちにとっても計り知れないメリットがあると思うが？」

「じゃあ、どうして『ドーラ』に⁉　ここは落ちこぼれのたまり場なのよ⁉」

「先ほども言ったが、それは口にできない。私に与えられた特別な役割に関わっている。知れば、貴様たちの身の安全にも関わることになる」

「何その斜め上からの理由⁉」

「貴様はヨシノ・ハルコネックだな？　噂は聞いている。私も馬術については一通り精通しているから、狩竜ミッションでは上手く協調できるはずだ」

「あ、ありがと……でも、それはともかく、筋としては無茶苦茶よ！　とにかく、時間をかけて、落ち着いて話し合うべきよ。私たち五人のことなんだし！」

「そう悠長には構えていられない。『成果』を一か月で出さなければ、我々は退学となってしまう。それに、ここで学校側が求めている以上の『成果』を上げれば、『落ちこぼれ』という初見の印象が大いに覆り、後々が楽になると思うぞ」

「だからって、どうして五人が一丸にならないといけないのよ」

「五人の意志を統一し、ひとつの大きな『成果』を上げたほうが、絶対に効率がいいはずだ。我々の協調性の高さを示すことになる」

「それは、そうだけど……」

シェルツェは勝ち誇ったように微笑んだ。

「そういうことだ。だからこそ、この場の全員が、私の案に賛同するべきだ」

「お前の意見には全般的に同意するが、やっぱり、最後だけは頂けない」

トウヤは腕を組んでいった。

「剣と魔法と錬骸術しか知らないからそんなことが言えるんだ。だいたい、騎士ってのは揃いも揃って世間知らずな連中だってじいちゃんも言ってたぞ。お前もそんな感じだろ」

「貴様、私を侮辱するつもりか⁉」

「事実だろ。いきなり偉そうにリーダーシップを気取るところがその証拠だ」

「貴様……！」

至近で睨み合うトウヤとシェルツェ。ふたりの発するあまりの熱量に、ヨシノもそれ以上、口を挟めない。

それまで黙っていたサツキがぽつりと言った。

「だったら、力で白黒つければいいんじゃない？」

シェルツェが怪訝そうな表情で尋ねる。

「力で……？」

「うん。どっちが強くてどっちが弱いかが分かれば、面倒は少ないかなって」

「決闘をしろということか？　私と、この男の操る戦車で」

「別に決闘でなくても……でも、一番わかりやすいかな？」

「確かにそうだが、同じ錬骸結晶を扱う狩竜師ならともかく、ゴーレムの出来損ない相手では、私の攻撃はあまりに威力が大きすぎるだろう」

説得力があった——エゲルの街でシェルツェと同じ「リディア」の少女たちは、プロト・グレンデルを一撃で倒したのだ。

「かといって、私とこの男自身がまともに戦えば、それ以上の力の差になってしまう。どちらにしても弱いもの苛めだ——私は騎士のひとりとして、たとえ意見の相違があったとしても、弱者に厳しく当たりたくはない。だからこそ、話し合いで解決しようと……」

「戦車と一緒に戦えるなら、オレは構わないぜ、決闘」

トウヤは言葉を差し込んできた。いつになく真剣な表情になっている。

「戦車をバカにされて、黙っている戦車好きはいないぜ。戦車の力を見せてやる」

「血の気が多い奴だな。私はあくまで、平和的な解決を求めているのだぞ？」

「戦車をバカにしている時点で宣戦布告したも同然だ。それともお前、本当は戦車に負けるのが怖くて、そんなことを言っているんじゃないか？」

怒りに表情を歪めるシェルツェ。キッとトウヤを睨み、小さく叫ぶ。

「いいだろう！　望み通り決闘で叩き潰してやる。ただし、貴様の命以外、何があっても知らないからな！」

「望むところだ！」

慌てて口を挟むヨシノ。

「ちょっと、とんとん拍子で話を進めないで！　決闘なんて、許されるはずないでしょう？　校則でも私闘は禁止されているはずよ！　狩竜師の武装だって、基本的にモンスター相手にしか使用が認められていないはずで……」

「演習の名目で行えばいい。校則でも、生徒同士の訓練や演習は許されているはずだ。武装についても同じだ。戦車をモンスターに見立てれば、これ以上の適役はいまい」

「確かにそれはそうだけど……！」

「我々は早急に鍛錬のやり方を決め、一致団結して『成果』稼ぎに備えなければならない。決闘はそれを決めるためのものだ。サツキとフィーネも、それでいいか？」

「あたしはいいよ。あたしは退学にならなければ、それでいいし」

サツキが答えた。その後、後を受けるようにフィーネ（＝ビヤ樽）がガタガタと揺れる。

「フィーネちゃんもそれでいいって！」

自分以外の全員が認めてしまっては、ヨシノも口を閉じざるを得ない。

「とはいえ、本気で決闘を行うためには、かなり広い場所が必要になる」

シェルツェは頷いた。

「サツキ、クリス先生に校庭の使用の申請をしてくれ。名目は狩竜討伐ミッションを想定した演習。それだけで話は通るはずだ。校庭で私が戦う姿を見せれば、私が決して無力ゆえに『ドーラ』に来たわけではないということを知らしめられる」

「りょーかい‼」

びしっと手を挙げた後、教室から勢いよく駆け出していくサツキ。ヨシノは、心の底から不安そうにシェルツェとトウヤを見つめた。

ふたりは、敗北の可能性を微塵も感じていないように、不敵に笑いあった。

2

本校舎の前にある校庭に、ふたつの動く影があった。

ひとつはトウヤのパンター。エンジンを咆哮させつつ、校庭の中央に向けてゆっくりと進んでいる。校庭の土砂が車体下部の鋼鉄製のレール――祖父によると、正式な名称は履帯――にかみ砕かれ、深い跡を残していく。長大な砲身は正面を向いたままだ。

トウヤ自身は、操縦席に立ったまま操縦している。

もうひとつの影はシェルツェだった。引き続き「リディア」の騎士装束を身にまとい、巨大な大剣を背負っている。

ふたりとも、事前に決めた間合いで停止、そのまま真剣な表情で相手を見つめている。

「で、結局、こうなっちゃうわけね……」

校庭脇のベンチに腰掛けながら、ヨシノは呆れるように呟いていた。

結局、サツキがクリスに伺った申請はあっさりと通り、ふたりは決闘を行うことになってしまった。加えて、自分は審判役を行うようふたりから請われ、流れに逆らえないまま承諾してしまっている。

「何事もなければいいけど……」

心配そうにトウヤとシェルツェ――そして、背後の校舎を見つめるヨシノ。

トウヤについてはあまり心配していなかった。どうせあの戦車バカのことだ、勝つにしろ負けるにしろ、全力でシェルツェにぶつかっていくだろう。頑丈なパンターの車内に入っていれば、大怪我の恐れはない。錬骸結晶を用いるシェルツェも同様だ。

問題は、ギャラリーの多さだった。

授業中の時間帯にもかかわらず、本校舎の窓という窓から生徒たちが顔を出し、シェルツェとトウヤを見つめているのだ。登校時にすでにパンターの姿を他の生徒に目撃されていること、その戦車と決闘を行うのが「リディア」の騎士装束を着ていること、などが話題に尾ひれを付けてしまったらしい。

当然、授業も何もあったものではない。生徒たちは好き勝手に言葉を並べながら、ふたりの戦いの始まりを待っている。

「おい、『リディア』のシェルツェ・パウルがなんか変な奴と決闘を始めるつもりだぞ！」

「あのでかいのは何？　今朝もアレに乗って登校している『ドーラ』の連中がいた」

「モンスターかゴーレムの類だろ。そんなものに頼らないといけないとは、さすが落ちこぼれのだな」

「シェルツェが『ドーラ』に下ったって噂を聞いたが、その関係か？」

「『ドーラ』の連中の根性を叩き直すためとか、そういう特殊な任務だろ。『リディア』の人間が、理由もなく『ドーラ』に行くはずがない」

「『リディア』に目を付けられたら、『ドーラ』の連中も終わりだなぁ」

「あのゴーレム、何分もつか賭けようぜ。おれ一分」

「三〇秒！」

「五秒！」

ヨシノは憂鬱そうにため息をついた。生徒たちの意見はともかく、この調子では自分の名も、パンターと一緒に登校した『ドーラ』の生徒として校内に広まっているはずだ。

とはいえ、シェルツェが言った通り、『ドーラ』の五人が一致団結したほうが、何かと有利なのは確かなのだ。トウヤが勝った場合、自分は再び戦車に関わることになりかねないが……。

気分を変えるべく、ヨシノは隣のサツキに話しかけた——が、途中で言葉を止める。

「ねぇ、サツキ……」

サツキもまた、シェルツェやトウヤと同じ真剣な表情で、ふたりをじっと見つめていた。特にトウヤの操るパンターが気になっているらしい。

サツキがヨシノの気配に気づいた。苦笑しながら答える。

「ごめんごめん！　ちょっと、気になっちゃって」

「気になったって……パンターが？」

「うん。戦車ってでっかいんだねー！　あたし、あんなの見るの初めてだよー！」

一応、パンターがどんなものかは説明してあるものの、実際に動くパンターを目のあたりにして、驚くのも無理はない。

「あれ、一体何で動いているの？　ゴーレムと同じように、魔法か何か？」

「ううん、黒油。行商のドワーフに予備部品と一緒に発注しているみたい」

「黒油って、道端で湧き出しているっていう、黒くてどろどろしたアレ？」

「原料はそれだけど、パンターの燃料はそれをドワーフが品質を変化させたもので、見た目は透明。発火性があるから、取り扱いには注意が必要だけど」

「そっか。ヨシノちゃんは、トウヤちゃんと子供のころから一緒だったから詳しいんだ」

「といっても、操縦がそこそこ出来るくらいだけどね」

トウヤと同じように、トウヤの祖父に教えてもらったのだった。トウヤの祖父が健在だったころは、三人交代でパンターを動かし、よくピクニックに出掛けていた。

「じゃあ……あの、角みたいな長い棒は？」

「砲身？　あれ、私たちにも正体が不明なんだよね。トウヤの予想では、パンターの本当の攻撃の要なんじゃないかなって。砲って言葉の意味も、辞書に載ってないし……」

「そう……」

思いつめた表情になるサツキ。思わずヨシノは尋ねた。

「どうしたの？」

「あ、いや、ちょっと思うところがあって。気にしなくていいよ」

サツキは慌てて手を振った。

「ところでさ！　話は変わるけど……ヨシノちゃんとトウヤちゃんって、付き合ってるの？」

思わず噴き出しそうになるヨシノ。顔を真っ赤に染めて問いただす。

「何言っちゃってるのよ、突然！」

「そんな感じに見えて……アクインクムにも、ふたりでパンターで来たんでしょ？」

「私はただの同行者！　故郷でも幼馴染だったってだけ。腐れ縁なのは確かだけど」

「本当〜？　実は片思いだったり〜？」

「それも違います」

「ふーん」

「ともかく、あんなバカに恋するような人間、いるとは思えないわ。今回だって、変に意地を張って……巻き込まれる身にもなってほしいわ」

「トウヤちゃん、バカには見えないけどなぁ……」

不思議そうに首をかしげるサツキ。

「あんな巨大なモノを自由に操れるなんて、それだけですごいと思うんだけど」

「私でも動かせるんだから、大したことではないわ」

　そこまで言って、ヨシノはこの場にいるべき人物がいないことに気付いた。

「そういえば、フィーネは？」

「フィーネちゃん？　さっき、トウヤちゃんの隣の席に樽の姿のままで入って行ったよ」

「いつのまに⁉」

　パンターの車体前面を凝視――すでにトウヤの右隣のハッチは閉められ、その痕跡は見られない。しかし、ここにいないということは、嘘ではないだろう。

　フィーネが入ったと思われる場所は、トウヤの祖父が通信手席と呼んでいた場所だった。主砲と同じく情報が残されていない謎の空間だったが、新しい名前を考えるのも面倒なのでそのままの名前で使っていた。通常は荷物置き場となっている。

「なんであんなところに……」

「あたしも聞いてないけど、本人が乗りたいっていうんなら、いいんじゃない？」

「そういうものかな……」

　トウヤ以外でパンターに積極的に乗りたがる人間がいるとは……完全に予想外だった。

　サツキは無邪気に笑った。

「なんか、いろんな変わった仲間が集まって、楽しいね、『ドーラ』は！」

「そのポジティブさ、見習いたいわ……」

「えへへ～。あたし、それが取り柄だから！」

　がっくりと項垂れるヨシノだった。


「本当に大丈夫か？」

　パンターの操縦手席で、トウヤは右手の通信手席のビヤ樽、もといフィーネに尋ねた。

すでに戦闘準備は完了していたが、フィーネがビヤ樽に擬装して近寄ってきたため、通信手席に据えなければならなかったのだ。

「荒っぽい操縦になるから、危ないと思う。水晶を抱えたままなんだろ？」

　ガタガタと左右に揺れるビヤ樽。大丈夫です、と言いたいらしい。

「じゃあ、せめて擬装を解いてくれ。何かあった場合、それだとすぐに分からない。あと……純粋に集中しづらい」

　いくらか躊躇うような間があった後、ビヤ樽がさっと消え、代わりに制服姿のフィーネが出てきた。例の水晶玉を抱きかかえながら座っている。ただし、顔は恥ずかしそうに赤く染まっていた。

「……まぁ、そうやっていれば、大丈夫かな……」

「……あ、あの、あのっ！」

フィーネが思い切ったように小声を発した。

「そ、その、さっきは突然、大声を出してしまって、その、すみません……」

「それは別にいいよ。オレも驚かせたみたいだし。あと、やっぱりその水晶玉で、自分の姿をビヤ樽に変えているの？」

トウヤの問いに、フィーネは小さく頷いた。

「は、はい……！　こ、これは、我が家に代々伝わるマジックアイテムで、いろんなことに使えるんです！　さっきまでみたいに簡単な幻術で身を隠したり、手を触れずにモノを動かしたり……あ、あと、この水晶球を通して、遠くの音を聞いたり、自分の声を伝えたりできるんです！」

「それ、本当か……!?」

「は、はい！　例えば、こんなふうに……」

フィーネは両手を水晶玉に触れさせた。何かを念じるような表情になる。

途端、水晶玉は青白く光りはじめ――フィーネの脇の道具入れが勝手に開かれ、中からスパナやらペンチやらといった小物の修理道具がふわふわと空中に浮き始めた。

修理道具は数秒ほど滞空した後、自分から道具入れに戻っていった。同時に水晶玉の光が消え、フィーネも大きく息を吐き出した。そして、恥ずかしそうにトウヤに話を続ける。

「ね、念動力についてはこんな感じです。やろうと思えば大人の人間を浮かばせることくらいはできるのですが、私の体力を使うので、あまり何度もできるものでは……」

「すげえ便利じゃないか！　そうか。だからさっき、サツキはフィーネと意思の疎通ができたんだな……」

頭の中に直接声を届けられるのなら、長い伝言を口に出来たのも理解できる。

「じゃあ、これもやっぱり、錬骸術で生成したものなのか？」

「わ、分かりません……。祖母に聞いた話によると、何百年も前のものだそうで……」

「へぇ……じゃあ、パンターと同じだな。こいつも錬骸術で動いていないし」

トウヤは嬉しそうに言った。自分と同じ、錬骸術が実用化される以前の過去の遺物を操っているこの少女に、親しみを覚えつつある。

フィーネも同感らしい。先ほどよりも怯えを見せずに続ける。

「わ、私、本当にこんなふうに人見知りで、大勢の人に見られることも恥ずかしくて、水晶球で自分を樽に見せかけて、人の気を引かないでいるので精いっぱいで……」

それは逆に目立つことになっているのでは——その言葉が喉まで出掛かったが、沈黙を貫く。フィーネが深刻に思い悩んでいるのが、態度から分かったからだ。

「で、でも、今のままじゃダメだと思って……だから、頑張って勉強して、アーネンエルべを受験したのですが、面接でゼロ点をもらって、『ドーラ』に配属されたみたいで」

ヨシノとは逆パターンだな、と思った。

「そ、その、皆さんのように、狩竜師を目指してアーネンエルべに来たわけじゃなくて、でも、色々な事情でそれしか方法がなくて……本当、申し訳なく思っています……」

「そっか……いや、別に謝る必要はないさ。それがフィーネの選んだ道なら」

納得するように答えるトウヤ。

おそらく、フィーネの性格からいって、アーネンエルべに受験することでさえ、相当の勇気を振り絞った結果なのだろう。

「でも、どうしてパンターに？　オレと一緒に乗っていると、さらに目立つぞ？」

「じ、実は、以前から戦車の存在は知っていて、どんなものか興味があったんです……」

もじもじと恥ずかしそうに身体を動かすフィーネ。

「だから、一度、乗ってみたくて……」

「別に後からでも好きなだけ乗せてやるぞ？」

「ダ、ダメです！　戦っている最中じゃないと！　こんな機会、次にいつあるか……！」

「……もしかして、戦車、好きなのか？」

「はい！　じ、実は……大好きです！」

フィーネは即答した。

「戦車がどんなものかは知りませんでしたが、私は家に残されていた古文書で、戦車精霊たちの戦いぶりを知って、それで興味を持っていたので！」

「戦車精霊って、黙示戦争で戦車と一緒に召還されたっていう？」

「そうです！　ミハエル・ヴィットマンとか、オットー・カリウスとかが有名です！　もちろん、ミハイル・カツコフやシュンキチ・ヒャクタケも忘れちゃダメですね！」

一気にまくしたてるフィーネ。とても人見知りの口調とは思えない。

「戦車精霊は凄いんですよ！　特に、そのあまりの戦果の大きさから、のちに本物の死神になってしまったミハイル・ヴィットマンは、聖ヴィレル・ボカージュ城の戦いで……」

「戦車に乗っていた精霊って、名前、あったんだな……」

トウヤは若干引き気味に答えた。フィーネの変貌ぶりにびっくりしていたし、初耳の話だった。さすがのトウヤも、黙示戦争については詳しくない。

トウヤの返答で、フィーネも自分を取り戻したようだった。

「す、すみません！　私、いきなり熱っぽく語っちゃって……」

「……よくわからないけど、とにかく、気をつけてな。特にその水晶玉――車内で跳ね回ったらフィーネ自身が危ないし、間違いなく傷物になっちまう」

「わ、わかりました……」

トウヤは頷くと、操縦席から身を乗り出した。途端、シェルツェの叱責が飛ぶ。

「遅いぞ！　何をやっていた！」

「フィーネと安全についての確認を行っていただけだ。仕方がないだろ」

「……そうか。それならば仕方がない」

急に畏まった態度になるシェルツェ。トウヤは怪訝な顔になったが、何も言わなかった。

シェルツェは軽く咳払いした後、話を続けた。

「ルールは先の通り、一本勝負で相手が戦闘不能になるか戦意を喪失すれば勝ちだ。また、私だけのルールとして、戦車の乗組員に直接攻撃は行わない。これでいいか？」

「フィーネはともかく、オレは直接狙ってもらっても構わないぞ？」

「理由を聞いておこうか」

「モンスターと戦うことを考えれば、そんなルールは甘えでしかないからな」

「私は誇りある騎士の身分だ。そのような卑怯な手段で勝利するつもりはない」

「お前、さっきからずっとそんな感じだが、そういう生き方、辛くないか？」

「貴様に言われる筋合いはない！」

「…………」

「確認を続ける——私が勝利した場合、私の指導の下でまっとうな狩竜師としての鍛錬を行い、『成果』の獲得と『ドーラ』からの脱出を目指す。貴様が勝利した場合、貴様の指導の下で機甲狩竜師としての鍛錬を行い、同じ結果を目指す。これでいいか？」

「ああ」

「よし、では始めよう。この決闘で、身の程をわきまえるがいい」

憤然と騎士装束を翻しながら、決闘開始時の定位置に歩いていくシェルツェ。あとは、審判役のヨシノが決闘の開始を告げるだけだ。

ヨシノが駆け寄ってきた。

「トウヤ、準備いい⁉」

「こっちはＯＫだ！」

ヨシノはふたりの間に立ち、念を押すように続けた。

「いい？　決闘には同意したけど、お互いに事故や怪我だけは気を付けてね。もし何かあったら、最悪、全員が退学になる可能性だってあり得るんだから！」

シェルツェが頷きながら答えた。

「その心配はない。対人戦には慣れている」

トウヤも応じる。

「やってみなくちゃ分からないが、努力はする」

「確認するけど、この前みたいなことはないでしょうね？」

エゲルの街での事故のことを言っていた。トウヤは頷く。

「今さっき、足回りについてはチェックした。故障の心配はない」

「本当に？」

「大丈夫だ。それに——俺は、負けない」

ヨシノはじっとトウヤを見つめると、何かを振り切るように視線をそらした。そして、右手を振り上げる——同時に、それまで騒がしかったギャラリーの喧騒が潮が引くように消え、誰もが校庭で対峙するふたりに注目する。

ヨシノはその視線を背中で感じつつ、さっと振り下ろした。

「いざ、尋常に——はじめ！」

3

先手を取ったのは、シェルツェだった。

「錬骸結晶を発動、レベル1から7までの術式を全解放する！」

シェルツェの叫びとともに、七色の光が生じる――錬骸結晶を全解放した証拠だ。

錬骸結晶の解放は熟練者ほど多くの段数で行える。七段というのはかなりの数だ。全身に纏う光の色も、その段数に応じて変化する。

シェルツェは背中に右手を回し、巨大な鞘から大剣を引き抜いた。

同時に、ギャラリーからどよめきが生じる。

シェルツェの手にした大剣が、あまりに巨大で、かつ、物々しい外見をしていたからだ。

大の大人でも、両手で持ち上げられるとは思えない――錬骸結晶の力だった。

「行くぞ、聖剣ダンケルレイド……今日もまた、私に力を貸してくれ」

それがシェルツェの持つ大剣の名のようだった。

「はぁぁぁあっ！」

猛然とダッシュ――したと思った直後、ある一点で跳躍し、両手で大剣を振り上げる。

直線上には、いまだ動き出していないトウヤのパンター。

「一刀両断だ！」

風を切る重い音とともに、パンターの車体前面に振り下ろされる大剣。

一瞬後、野太い轟音とともに、周囲に巨大な衝撃が発生する。シェルツェの着地と同時に、大量の土煙も舞い上がる。

だが――。

「なっ……！　回避しただと!?」

パンターは履帯を通常とは逆に回転させて後退、シェルツェの斬撃を回避していた。いや、回避成功と同時に停止、前進を開始しようとしている。大剣は地表に突き刺さったままだ。

「鋼鉄の塊が、ここまで俊敏な動きを……!?」

「行けえ、パンター！」

立ち込める土砂を弾き飛ばしながら、爆音とともにダッシュを開始するパンター。

「そんな単純な突撃、当たるものか！」

シェルツェは大剣を引き抜きながら右側にさっと飛び跳ねて回避。パンターはそのまま前進を続ける――と思いきや！

「な……ッ！」

シェルツェは目を見開いた。パンターは右に急旋回した直後、その場から移動することなく、まるで地表を滑るように全身を360度回転させたからだ。

それはつまり、パンターの砲身が車体と一緒になって回転し、空中のシェルツェに側面から殴り掛かってきたことを意味する。地上にいれば、砲身はしゃがんで回避できるが、それを行っていては続けて回転しながら襲ってくる車体の回避が遅れてしまうだろう。

「ちぃっ！」

シェルツェは大剣の柄を盾替わりにかまえる——一瞬後、砲身と柄が衝突、シェルツェは吹き飛ばされるものの、直接的なダメージを回避する。

シェルツェは地表に滑り込むように着地した。両手に残る痺れ——シェルツェは唖然としていた。ギャラリーからも、どよめきが起きる。

「なんだ、今のは⁉　戦車には、あのような奇怪な動きができるというのか⁉」

シェルツェの声を聞いたトウヤが、パンターの態勢を立て直しながら叫ぶ。

「超信地旋回って技だ！　覚えておけ！」

「何を……！」

パンターは再び突撃を開始——今度は真正面から接近。回避している余裕はない。

「このぉおおおお！」

シェルツェは大剣を振り上げ、突っ込んでくるパンターに横合いから叩き付けた。

ガキイイイン！

耳を劈く甲高い音響。シェルツェの大剣が、パンターの車体正面に激突したのだった。

大量の火花が生じ、閃光が両者を包み込む。

激突の結果は痛み分けとなった。

シェルツェの大剣はパンターの車体前面の右側から側面にかけての装甲を鋭く抉ったものの、内部まで貫くことはかなわず、パンターも装甲によってシェルツェの大剣をはじき返すことはできなかった。両者は火花を散らしながら一瞬で交錯、数十メートル進んだところで旋回、再び態勢を立て直す。

「ダンケルレイドの直撃を受け、それに耐えた!?」

信じられなかった。狩竜師が錬骸結晶を使用した状態で放つ大剣の斬撃は、巨大な竜種を一撃で昏倒させるほどの威力がある。

つまりパンターは、竜種以上の防御力を持つ、ということになる。

「正面からの打撃は通じないということか！　ならば……！」

シェルツェは再びダッシュからの跳躍——今度はパンターの上面に降りかかる。

目指す場所は、パンターの車体後部上面。パンターが唸らせる、まるで巨人の鼓動のように重苦しい音を放つ場所。

シェルツェは、ここがパンターの心臓だとあたりをつけていた。パンターは右に緩く旋回しながらダッシュしている——速力からいって、捕捉は容易だ。

「ここが貴様の弱点のはずだ！　はぁぁぁ！」

真っ逆さまに落下しながら大剣を振り下ろすシェルツェ。しかしパンターは次の瞬間には、旋回の角度を強めて急旋回、シェルツェの打撃の回避に成功する。

「読まれていた……!?　くっ！」

再び超信地旋回で、横からの回転体当たりを放つパンター。シェルツェは再び回避を強いられる——わずかに角度がずれ、事なきを得る。

「やるな……！」

素直な感嘆——おそらくトウヤは、シェルツェがいずれパンターの弱点を突くことを予見していたのだろう。操縦についても、あらかじめ右に緩く旋回しておき、急旋回しやすいように動いている。

パンターの操縦方法については想像の埒外だったが、トウヤがパンターを己の身体のように扱っているのは間違いなかった。まさに人馬一体、いや、人機一体というべきか。

「強敵」の二文字がシェルツェの脳裏を過る。

パンターで鍛錬を行えば、『ドーラ』のメンバーであっても、本当に戦車でモンスターを狩ることが出来るようになるかもしれない。

「……ッ！　だが、そうであっては困るのだ……」

パンターとシェルツェの決闘の様子は、ヨシノとサッキからもよく見えていた。

戦いの様相はまさに一進一退。主導権は頻繁に攻撃を仕掛けるシェルツェが握っているが、トウヤのパンターもシェルツェの攻撃を巧みに回避し、的確に反撃を繰り返している。

「すごい……」

興奮をあらわにしながらサツキが呟く。

「あんな巨大な鋼鉄の塊が、本物の豹みたいに動いている……本当に、トウヤちゃんがあれを動かしてるの？　本当にモンスターやゴーレムの類じゃないの……？」

サツキの言葉は、本校舎の生徒たちの印象と共通しているようだった。誰もが言葉を失いながら、人と戦車の決闘という、未知の展開を見つめている。

「ねえ、ヨシノちゃん？」

「………」

「ヨシノちゃん？」

「あ……ごめん」

それまでじっとトウヤの戦いぶりを見つめていたヨシノが、済まなそうに答えた。

「パンターの動きに、気を取られちゃって……」

「そうだよね。すごい動きだよねぇ」

「違う……」

「違う？」

「トウヤの操縦が凄いことは本当だけど……」

シェルツェとパンターの格闘を見つめながら、ヨシノは独り言のように呟いていた。

「今一歩、踏み込めてない。ほんの少しだけど、目測を誤っている。最初の反撃だって、それがなければ、砲身の横殴りをシェルツェに食らわせていた……」

「そんなことが分かるの⁉」

「うん。私も操縦は一通り覚えているから……」

「はえ～。でも、どうしてそんなミスを繰り返しているの？」

「それは……」

思い当たる節があったが、それを自分から言葉にするのは躊躇われた。

しかし、サツキは合点したように尋ねた。

「ごめん、ヨシノちゃんが何を言いたいか分かっちゃった……要は、ココ、だよね」

サツキは、トウヤであれば眼帯で覆われている場所を指さした。

ヨシノは言葉を失っていた。そしてその表情が、答えとなってしまう。

「やっぱり……ま、何をするにも、片目じゃやりにくいからねー」

あっさりと応じるサツキ。

そう、トウヤは隻眼で――だからこそ、目測に微妙な誤りが生じてしまうのだ。今朝までの旅のような、街道をゆっくり進むくらいなら、それは問題とはならないが、こうした人との格闘戦では、どうしてもその差異が、トウヤからチャンスを奪ってしまう。

今朝方にトウヤが口にした「自分には操縦手としての能力がない」という言葉が思い出される。

ヨシノの両の拳が、ぐっと握りしめられる――。

突然、サツキが言った。

「……じゃあ、助けちゃおっか？」

「助けるって……トウヤを!?」

「うん。お互い納得の上での決闘とはいえ、そういうハンデがあると聞くとねー」

「サツキもパンターに乗りたいの？」

「そういうわけじゃないけど、興味はあるかな」

ヨシノはしばし考え込み――首を振った。

「ダメ。そういうのは無し」

「どうして？」

「トウヤの夢は、機甲狩竜師になることだから」

ヨシノはトウヤのパンターを見つめながら、はっきりと言った。

「こんなところで、誰かの力を借りてるようじゃ、そんな夢には絶対に手が届かない。トウヤもそれは望んでいない。だから……」

ヨシノの瞳には、何かを信じているような光が宿っていた。

「……わかった。じゃあ、あたしもここで見てるよ」

ヨシノが心配そうに尋ねる。

「それでいいの？　トウヤが負ければ、シェルツェの下で動くことになるんだよ？」

「あたし、バカだからさ。学校に通って勉強出来れば、それでいいんだよねー」

サツキはあっけらかんと笑った。

「だから……今はそれで充分」

「私を、ここまで消耗させるとは……！」

肩で息をしながら呟くシェルツェ。決闘の開始から一五分が経過し、シェルツェは身体の重みを感じるようになっている。

原因は体力と錬骸結晶の消耗だった。錬骸結晶は基本的に使い捨てであり、全ての力を使い果たすと、二度と使用できなくなる性質がある。

このままでは、戦闘の継続が困難になる――シェルツェの脳裏に、そんな予感が宿る。

一方のパンターは、まったく疲れを知らないように、快調に機動を続けていた。

まるで本物の豹のように軽快に動きまわるパンターに対し、シェルツェは何度か斬撃を食らわせ、装甲の一部を削り取っているが、パンター自身の動きは全く衰えない。

「なんなんだ、戦車というものは……」

シェルツェは自分でも気づかないうちに呟いていた。戦車という存在に対する驚きと、根本的な疑問が浮かんでくる。

「本当に――、こんなもので……ッ！　モンスターを狩るなど……！」

しかし、敗北を認めるわけにはいかなかった。戦車などという胡乱な存在にも劣る狩竜師になってしまえば――自分は本当に、これまでの全てを否定されてしまう。

何百人という生徒が決闘を見つめているのだ。絶対にそれは受け入れられない。

「ならば……私の答えは、これだ」

シェルツェは大きく息を吸い込むと、彼方で機動しているパンターを見据え、自身がダンケルレイドと呼ぶ大剣を下段に構えた。

「何をするつもりだ……？」

トウヤはパンターを停車させ、操縦席から身を乗り出しながら呟いた。激しい機動を続けているため、純粋に体力を削られているのだ。

シェルツェの予想と若干異なり、トウヤ本人はかなり消耗していた。激しい機動を続け
ただ、パンターはいまだに全速発揮が可能だった。装甲はいくらか削られたものの、足回りはいまだに不調を訴えず、エンジンも快調に稼働を続けている。水晶玉が飛んでこないところを見ると、フィーネも言いつけを守り、しっかり抱きかかえているらしい。

一方で、シェルツェの強さも、さすがの一言だった。エゲルの街での「リディア」の戦いぶりから、その実力を見くびっていたわけではないが、咄嗟の判断や戦術の柔軟性は自分以上と思えている。三撃目ですぐさまパンターの弱点を狙ったのがその証拠だ。

加えて、シェルツェは「リディア」で、かつ、「アントン」クラスのひとりなのだから、シェルツェのような手練れが「アントン」にはゴロゴロいるということになる。

果たして、自分はパンターとともにそこに辿り着けるのか。辿り着いたとしても、ずっとそこに居続けられるのか――それを思うと、期待と不安とが混ざり合った感情を覚え、背筋がゾクゾクする。

とはいえ、後のことは後のこと。今はただ、やれることをやるだけだ。

「この一撃で、全てを終わらせる！」

シェルツェは七色の光を纏いながら、高まる気力に煽られるように叫んだ。

「錬骸結晶、総燃焼！」

錬骸結晶の力を短時間で完全燃焼させ、爆発的な威力を発生させる術式だった。これを発動した場合、錬骸結晶の力は数秒で使い尽くされ、また、使用者自身も疲労により錬骸結晶の使用が不可能になる。まさに後先を考えない、一撃必殺の技法だ。

「いくぞ、トウヤ、そしてパンター！　はぁぁぁぁ！」


「最後の一撃ってやつか！　いいぜ、受けてたってやる！」

シェルツェの意図は彼女の纏う輝きの強さでわかった。錬骸結晶の全ての力を解放し、最大火力で攻撃に移ろうとしているに違いない。

「なら、こっちも次で決めてやる！」

トウヤももちろん、自分のこれまでの攻撃に今一歩、精度が足らないことは自覚していた。もちろん、その原因についても。

しかし、不満を口にするつもりはなかった。祖父の言葉が真実なら、パンターは五人の乗組員が揃(そろ)って初めて本来の力を発揮出来る。自分一人が粋(いき)がっても、何の意味もない。

「行くぞ、パンター！　戦車前進(パンツァー・フォー)！」

「その言葉は……!?」

はっと尋ねるフィーネ。トウヤが応じる。

「戦車、前進せよって意味！　じいちゃんたちは、この言葉を合言葉に、モンスターに戦いを挑(いど)んでいたらしい！」

「古文書にも同じことが書いてありました！」

パンターはその言葉通り、本物の豹(ひょう)のような俊敏(しゅんびん)さで、校庭を驀進(ばくしん)し始めた。

「男らしい戦いぶりだが、甘いぞ、トウヤ！」

シェルツェは全力で疾走(しっそう)しながら、目の前に迫(せま)りつつあるパンターに叫んだ。

「こちらには、こういう手もある！　はぁぁぁっ！」

シェルツェは大剣で地表を薙(な)いだ。地表の土砂が切り裂(さ)かれ、大量の土煙(つちけむり)が生じる。

パンターはその土煙の中に突(つ)っ込(こ)むかたちとなった。

「クソっ、そういうことか！」

トウヤは呻くように叫んだ。シェルツェの狙いは最初からこれだったのだ。土煙でこちらの視界を奪い、混乱したところを、攻撃力を最大まで高めた斬撃で叩く！

「させるか！」

回避しようと操縦桿を動かそうとする。

「はぁぁぁぁぁぁっ！」

どこからか咆哮――シェルツェがパンターに急接近しつつ、全力で斬撃を加えようとしているのだ。しかし、四方に立ち込める土煙のため、その場所が分からない。

と、その時、トウヤは胸元に妙な感覚を覚えた。

「なんだ⁉」

毛玉のようなものが、操縦席の隙間から顔を覗かせ――そのまま土煙の中に飛びこんだ。

それに気をとられたのは一瞬だったが、シェルツェの斬撃が迫るこの瞬間では致命的な隙となりえた――回避が間に合わない！

「やばい！　フィーネ！　衝撃に備えろ！」

トウヤはそう叫び、迫りくる打撃に備えて身構えて――。

そして、何も起こらないまま、数秒が過ぎ去った。

「なんだ……？」

「ど、どういうこと……？」

混乱しているのはヨシノも同じだった。

シェルツェの策が成功したことを、パンターが土煙に突入した瞬間にヨシノは確信していた。同時に、胸が引き裂かれるような感情を覚えながら。

しかし、その後、ヨシノが覚悟していた現象は何ひとつ起こらなかった。

大剣による斬撃がパンターに叩き付けられる音も、シェルツェの叫びも聞こえない。

本校舎の生徒たちも、固唾を呑んで状況を見守っている。

数秒後、トウヤとパンターが土煙から抜け出した。外見に変化はない。トウヤの表情から察すと、彼も状況を図りかねているようだった。

やがて、土煙が少しずつ晴れ――シェルツェが姿を現す。

シェルツェは、今まさに斬撃を繰り出そうとする姿勢で凍り付いたように固まっていた。

ただ、頭の上に、一匹のカピバラが顔面に張り付いていることを除けば。

「カピ太、それにシェルツェ……？」

トウヤはパンターから降りてシュルツェに近づき、そっとカピ太をその顔面から剥がした。

　シェルツェは顔面蒼白になりながら、涙目で全身をフルフルと震わせていた——恐怖のあまり、身体が動かなくなったとしか思えない。

「う、う、うわあああああああ！」

　そしてシェルツェは、堰を切ったように泣き出した。

4

「モンスター恐怖症!?」

　声をあげたのは、シェルツェ以外の全員だった。

　シェルツェは完全に打ちのめされた表情で、がっくりと肩を落としている。

　場所は「ドーラ」クラスの教室の目の前の中庭。決闘の後、異常を察したヨシノの判断で、トウヤは急ぎ全員をパンターに回収し、旧校舎に戻ったのだった。

　慌てて校庭を後にしたため、自分たちの戦いを目撃していた生徒たちが、その後どうなったのかはわからない——ただ、遠巻きで見ていて、しかも土煙がいまだ残っている状態だったため、シェルツェがどうして攻撃を放たなかったかまではわからないはずだ。

　ヨシノが恐る恐る尋ねた。

「それって、つまりは……？」

「……字面どおりだ」

シェルツェは悲しげに答えた。

「私は、モンスター恐怖症なのだ。騎士で、『アントン』の生徒で、『リディア』の一員でありながら……」

「でも、さっき、シェルツェの頭に飛び乗ったのは、動物のカピバラ……だよね？」

サツキが確認のために尋ねた。

「それに、シェルツェちゃんは『リディア』の所属なんだよね？　騎士装束は偽物じゃあるまいし……じゃあ、モンスター恐怖症なのに、『リディア』に入れたっていうの？」

「順を追って話す。その前に……」

シェルツェは視線をトウヤに向けた。

「トウヤ、今さらだが、今回の決闘は私の完敗だ。まさか、あのタイミングでカピバラが来るとは……」

「いや、あれは完全に事故というか偶然で……」

「実戦では結果が全てだ。運も実力のうちともいう。それに、貴様の鋼鉄の豹――パンターの戦いぶりは、掛け値なしに見事だった。あの強靭さと持久力があれば、本物のモンスターとでも渡り合えるかもしれない。そして、それを軽んじる言葉を口にして、悪かった」

シェルツェの表情は疲弊しきっていたが、同時に、憑き物が落ちたように清々しかった。

素の彼女はこんな感じなのかもしれない。

「約束通り、今後の『ドーラ』については貴様に託す。それでいいか？」

「わかった。ただ、これ以上、オレへの謙遜はよしてくれ」

トウヤはむずがゆそうに言った。

「オレだって未熟な身だ。お前みたいなすごい奴が『アントン』に大勢いるとすれば、まだまだ道は険しいと思ったよ。最後のアレがなければ、どうなっていたかわからない。土煙によるかく乱だって、パンターに乗っているオレが最初に思いついてしかるべきだった……さすが『リディア』のひとりだと思ったくらいだ」

トウヤはバツが悪そうに続けた。

「機甲狩竜師が廃れたのは、お前みたいな錬骸術を使いこなす狩竜師が出て来たからっていうのは、なんとなく頭では理解していたんだが、今回は身体で実感できたよ。だから、お互い様だ。オレも、騎士だからといってバカにしてすまなかった」

「……潔いのだな、貴様は」

シェルツェは感謝するように微笑んだ。そして、大きく息を吐きだし、語り始める。

「我がパウル家は騎士の家系だ。騎士は民を守る立場であり、その進路は政治家になるか軍人となるか、それとも狩竜師となるかの三者択一だ。私はパウル家の嫡子として、父と同じ、狩竜師となることを望んだ。今から四年前、一二歳のころだ」

昔を思い出すように遠くを見つめるシェルツェ。

「幸い、私には剣の才があった。中等学校二年のころには本職の狩竜師と互角に戦えるまでになった。私は飛び級でアーネンエルベに入学、『アントン』に配属された」

シェルツェは一呼吸の間を置き、続けた。

「そして、間を置かずに生徒主体で運営されるギルド『プロイェクト・リディア』にスカウトされ、それを受けた。誇らしかった。パウル家の誇りとこの騎士装束に賭け、必ずやモンスターの脅威から民を守ってみせる、そう誓った……実際には、私はその時、モンスターと一度も対峙したことがなかったのにな」

自嘲するように微笑むシェルツェ。そして、暗い表情になって呟く。

「……私がモンスター恐怖症であることが分かったのは、その一か月後だった。私は『リディア』のひとりとして、あるモンスターの討伐任務で初陣を飾った。そして、モンスターと出会ったとたん、今日と同じようになってしまった」

　悲痛な表情のシェルツェ、トウヤたちも、その先を促そうとはしない。

「私は醜態を晒した。私は『リディア』のギルドマスターから即時除籍を通達されたが、仲間たちの嘆願により、一か月以内にモンスター恐怖症を克服すれば、『リディア』への復帰を認めてもらえることになった」

　いつしか力強い声になるシェルツェ。

「私は事情を伏せながら鍛錬を行う場所として、『ドーラ』を選んだ。そこでなら、私の下で落ちこぼれの生徒たちを指導するという名目で、事実を隠しながらそれを果たせると。私が落ちこぼれの『ドーラ』に落第したことで、あらぬ噂は立つだろうが、それはひと月で返上できると考えた。全ては結果で示せばいい、と……」

「だから、あそこまで意固地になって、主導権を握ろうとしたってわけか……」

　後を受けるトウヤ。シェルツェは無言のまま頷く。

「でも、モンスター恐怖症って、一か月程度で治るものなの？」

　サツキに問いに、シェルツェが静かに答える。

「……一か月で治るかどうかは分からなかった。今も確信はない――だが、そうでもしなければ、私は前に進めないと思った。私は諦めたくなかった」

　それがシェルツェに残された最後のプライドかもしれなかった。

「モンスター恐怖症については、専門家の話では、私にとって花粉症のようなものだったようだ。出くわしたとたん、発症してしまったらしい」

「動物がダメになった理由は?」

「初陣の後、私は自宅で療養することになった。その間、私はモンスター恐怖症を自力で治すべく、大型の動物を身近に置き、無理やりに症状を克服しようとした……しかし、それは逆効果で、結果的に動物さえも苦手となってしまった。今ではネズミ一匹、いや、ミミズ一匹、触れない」

シェルツェはそれきり黙り込んだ。トウヤたちもあまりの転落劇に、返す言葉がない。

シェルツェは立ち上がった。耐えきれないように呟く。

「モンスターから人々を守ることが私の使命であるのに、モンスターが怖くてそれが果たせないなど、物笑いもいいところだ。だが、夢を捨てることもできない」

「…………」

「私はどうしたらいいのだろうな……?」

自問自答するように呟くシェルツェ——ヨシノも、サツキも、フィーネも、あまりに重すぎる話に、何も答えられない。

だが、トウヤだけは、別だった。

「特に深く考える必要はないだろ。話はもう、決まっているんだし」

　トウヤは平然と言葉を続けた。

「俺たちと一緒になって、五人でパンターを操り、『成果』を稼いで『アントン』を目指す。それしかない！」

「ちょっとトウヤ、今までの話、聞いていたの⁉」

　ヨシノがすかさず突っ込んだ。

「シェルツェは、真剣に悩んで……」

「オレだって真剣だ。モンスター恐怖症なら、なおさらパンターで戦ったほうがいい」

　それが当然というように答えるトウヤ。

「考えてもみろ。パンターに乗っていれば、ひとりじゃなく五人一緒に戦えるんだぞ。モンスターと出くわしても、怖いという気持ちはそれだけ減るだろ。あと、パンターで戦えば、少なくともモンスターに直接触れなくて済む。パンターは装甲で覆われているから、それだけ安心して戦えるしな。そう考えると、良いこと尽くめじゃないか」

「それは……」

　言葉に詰まるヨシノ。反論できない――トウヤの言うとおり、パンターはモンスター恐怖症を治しながらモンスターと戦うには、絶好の装備だ。

「それに、オレたちにはカピ太という味方もいる。こいつと一緒にパンターに乗っていれば、それだけでも鍛錬になるだろ。な、カピ太！」

肩に飛び乗ったカピ太に尋ねる——カピ太は「きゅー！」と鳴き声で応じる。

「あ、あの……！」

フィーネが口を挟んだ——ちなみに決闘後からずっと素のままの姿だ。

「そ、そういうことなら、私も協力させていただきます！　戦車、私も大好きですし！　もちろん、戦車についてはまったく無知で、こんな性格でご迷惑をかけることは分かっていますが……私も機甲狩竜師を目指すことで、人見知りの性格を治したいんです！」

「お、フィーネ、ありがとな！　助かる！」

「さっき言った通り、あたしもいいよー。楽しそうだし」

気安く後に続くサツキ。

「パンター触るの、面白そうだし……あ、でも、今のうちに車内に入らせてもらっていい？　ちょっと確認したいことがあるんだ」

「別にいいぞ。ただ、中の機材は丁寧に扱ってくれ」

「了解了解～♪」

踵を返し、パンターに駆けていくサツキ。

トウヤはヨシノに顔を向けた。

「ヨシノ、お前はどうする？　別に無理にとは言わないが……」

むっとした顔で声を荒くするヨシノ。

「何よそれ！　私が今の話で何も思わないような、薄情な人間だって言いたいの⁉」

「そんなつもりはないが、お前、あんまりパンター、好きじゃないだろ」

「それとこれとは別！　こうなったら協力するしかないじゃない。五人で一蓮托生になったほうが、『ドーラ』から上に上がるには、有利なんだし」

「そうか！　いやぁ、正直な話、お前がいてくれると助かるよ！　オレの次にパンターをよく知っているからな！」

ヨシノは何も答えず、ため息をつく――しかし、まんざらな気分でもないことは、表情でわかった。

トウヤは、いまだ茫然としているシェルツェに向け、笑顔で手を差し伸べた。

「という話でまとまったんだが、どうだ？」

シェルツェはトウヤと、トウヤから伸ばされた右手を見つめていた。

正直、現実味のわかない提案だった。本当に戦車に乗って、自分の欠点が治るかどうか、全く見当がつかない。

しかし、決闘の最中に感じた何かが心にこう訴えかけている。もしかすると戦車でも、強大なモンスターを狩れるかもしれない。そして、騎士として、民を守れるかもしれない。

この少年とともに歩んでいけるのなら、もしかしたら——。

「……わかった」

シェルツェは力強く頷いた。自分も右手を差し出す。

「私の進むべき道は、まだ見えない——だが、とりあえず残された一か月を、貴様たちと歩むことを誓おう」

「そうこなくちゃな」

トウヤはシェルツェと力強く握手した。

そして、それを終えた後にガッツポーズを構える。

「よっしゃ、これで五人揃った！　まずは……」

「ま、まずは、パンターの操縦の練習、ですよね……!?」

勢い勇むように尋ねるフィーネ。だが、トウヤは首を振った。

「いいや、まずはこいつの謎を解き明かす。特にこの砲身の謎を！」

トウヤはパンターの砲身を指さした。

「オレの予想が確かなら、この砲身がパンターの本当の攻撃力の要のはずだ。まずはそれを調べたい」

　ヨシノは眉をひそめる。

「そんな資料は学校にないって、クリス先生が言ってたじゃない」

「だとしても、自分の眼で確かめる。まずは千里の道も一歩から、だ！」

「私は……この砲身は、斬撃や刺突を行うためのものだと思うのだが」

　シェルツェがパンターに近づいた。砲身に手を伸ばし、慎重に撫でる。

「大剣を装着するのに、ちょうどいい長さだ。先ほどの決闘のような近接格闘戦を挑む場合、ここに大剣が装着されていれば、かなり強力な打撃を放てるはずだ。上手く装着の方法を考えなければならないが」

　ヨシノが怪訝そうに尋ねた。

「大剣を装着するっていっても、シェルツェの大剣は、そこまで大きくないじゃない」

「我がパウル家にはふたつの聖剣が伝わっている。ひとつは私が用いているダンケルレイド。もうひとつは、より巨大な刃を持つヴィンケルレイドだ。両者は対の存在で、かつては特別な能力があったらしい」

　よくぞ聞いてくれた、というように答えるシェルツェ。

「ダンケルレイドの扱いに習熟し、かつ、相応の身体能力があれば、ヴィンケルレイドを扱えるといわれている。残念ながら今の私はその力はないが……パンターを介せば、私でも扱えるかもしれない」

「パンターを介せばって……なんか、すごい考え方ね……」

「斬撃はそれでいいとして……問題は翼竜種のような飛翔可能なモンスターだな。さすがに斬撃で打ち落とすことはできない。対策を考えなければ」

シェルツェは自分にいつの間にか皆の視線が集まっていることに気付いた。

「ど、どうしたというのだ……？」

フィーネが不思議そうに答えた。

「あ、いや、モンスター恐怖症なのに、戦術の提案が妙に具体的だな、と……」

「私とて、一時は『リディア』に属した身だ。対モンスター戦術ならば、誰にも負けるつもりはない。現在確認されているモンスターについてであれば、ほぼ答えられるはずだ」

「さすがだな！　だとすると、パンターについての予想も当たっているかもしれないな」

トウヤは嬉しそうにパンターを見上げた。

「体当たりに続いて、刺突や斬撃もやれそうだとは、やっぱり戦車は凄いな！」

と、パンターの砲塔上のハッチが開かれ、サツキが姿を現した。

「あの、話が盛り上がっているところ悪いんだけど……ひとつといい？」

「何かあったのか？」

サツキは苦笑を浮かべながら答えた。

「ごめん、その……あたし、分かっちゃった」

「分かったって、何が？」

「その、砲身の本当の使い方」

「それ、本当か!?」

「あ、あはは！、以前、似たようなものを触ったことがあって……まぁ、それはともかく！」

サツキはさりげなくごまかすと、砲塔から車体に降り、砲身を右手で触った。

「これ、間違いなく、火薬を使って砲弾を飛ばすためのものだよ。多分、戦車の戦い方は、そうやって相手を遠距離から攻撃することが本当なんだと思う……」

「……？」

まったく理解できない、という顔の四人。さらに慌てるようにサツキは続けた。

「えーっと、砲身の尾部を密閉したままそこで火薬を爆発させれば、その衝撃は砲身の先に行くじゃない！　その衝撃で砲弾を飛ばすの！　そういうこと！　砲塔内に火薬の匂いが残っていたから、間違いないよ！　どこかに砲弾も残っているかもしれない……」

「……？」

「というか、なんでトウヤちゃんもヨシノちゃんも気が付かないの⁉　薬莢が……火薬を入れておくための機材が、ラックにいっぱい並んでいたじゃない！」

「薬莢？　もしかして〝例の容器〟のことか？　ははは！　冗談きついぜ！」

腹を抱えて笑い出すトウヤ。サツキは困惑するしかない。

「どうしてそういう返答になるの⁉」

「いやぁ、当然だろ。だってあれは……」

そうしてトウヤは、これまで固く信じていた祖父の遺した言葉を口にした。

「……を、入れるためのもの、だろ？」

「……ッ！　だから、そういうことを女の子に言うなって言っているでしょ、トウヤ！」

反射的に胸倉を摑むヨシノ。トウヤも反論する。

「そういうことって……事実だろ、事実！」

「だからって、ここで言うことないじゃない！　変な誤解を招いたらどうするのよ！」

「お前だって子供の頃に使ってただろ！　今朝だって危うく世話になるところで……」

「……ッ！　そんなだから、そんなだからあんたは……！　この前だって……！」

そのまま口論を始めてしまうふたり。

すぐ傍では、シェルツェとフィーネが顔をピンクに染めて俯いていた。話の内容をだいたい理解してしまったらしい。

サツキは苦笑を張り付かせていた。

「あ、あはは、そういうこと、ね……」

5

夕日に染まるアーネンエルベの職員室に、ゴロゴロと重苦しい音響と地震のような振動が伝わった。何人かの教師たちが、何事かと窓際に近づき、言葉を失う。

巨大な鋼鉄の豹――V号戦車パンターが、正門を出ようとしているのだった。車上では「ドーラ」の生徒たちが何かを真剣に論議している。

大半の教師たちにとって、パンターは受け入れがたい代物だった。今日の午前には、このパンターが元「リディア」の生徒と決闘を行ったおかげで、授業を妨害されてしまっている。

教師たちにとっても、パンターは今のところ、理解不能の存在でしかないのだ。

――そんな喧噪の中にある職員室の隣の校長室で、クリス・J・ダニガンが尋ねた。

「本当に、これでよかったのですか？」

窓の外で正門を通過しつつあるパンターを見つめながら続ける。

「言われた通り、放任するようにはしましたし、決闘にも許可を出しましたが……」

「構いません」

目の前の女性――アーネンエルベ狩竜師学校の校長、ティーレ・ザウケルが答えた。

ティーレは一昨年、祖母の跡を継いでアーネンエルベの校長となった人物だった。貴族の出身で、年齢も二〇代はじめ。校長という肩書に反して、表情は若々しい。

ティーレは優しく微笑んだ。

「ああいう子たちは、好きにさせておくのが一番でしょう。今日だって最初はケンカしていたみたいですが、しっかり仲直りしたみたいじゃないですか」

「しかし、だからといって戦車などという、海とも山ともわからないモノを扱う生徒たちを放置するのは。生徒たちの間でも、噂になっていますし……」

「問題ありません。生徒たちには、よい刺激になるでしょう」

ティーレは満足そうに頷いた。

「本校の目的は、精強な狩竜師を育て、王国の発展と護持に貢献すること。『ドーラ』の生徒たちの放任は、そこから一歩も外れておりません。むしろ、ただの落ちこぼれの生徒たちが他の生徒たちを奮起させるきっかけになるのなら、それはそれで合理的ではないですか」

「それは、そうですが……」

「全ては私の判断による決定です。クリス先生に責任を負わせるつもりはありませんので、ご安心を」

「…………」

「軍から打診があった、例の件もあります。今のところは、伸ばすだけ伸ばしてみましょう。案外、思った以上の結果を出してくれるかもしれません」

あの先代たちのように——そう、ティーレが小さな声で付け足したことに、クリスが気づくことはなかった。

第三章　機甲狩竜の流儀

1

オステルリングム丘陵は、狩竜の聖地のひとつとして知られている。

丘陵を構成するのは、なだらかな草原と巨大な岩山、まばらな森林、ダーヌビウ川の支流のサヴィール川だった。風光明媚な場所だが、多数のモンスターが生息している。王都アクインクムから徒歩で一日の距離にあり、多くの狩竜師がここを狩場としているが大物のモンスターが生息せず、危険なモンスターの数も少ないため、訪れるのはその多くが初級者から中級者だ。

——トウヤとシェルツェが決闘を行った二週間後、その地表を、巨大な鋼鉄の豹ことV号戦車パンターが進んでいた。

穏やかな丘陵の光景とは対照的に、パンターの車内は喧騒に満ちていた。

巨人の脈拍のごとく規則正しく響くエンジン音。つけっぱなしの換気装置の重苦しい音。

履帯が草原を踏み躙って進む音。パンターの通過した背後には、はっきりと履帯で地表が削られた跡が残る。

「うう〜、耳栓、欲しいかも……」

辛そうに呻き声を漏らすサツキ。砲塔内後部から見て左前方の椅子に座っている。かなり狭苦しい。トウヤたちはこの席を照準手席と呼んでいた。

「ねぇトウヤちゃん、コレ、何とかならないの⁉」

「申し訳ないが、こいつはいつもこんなもんだ」

トウヤは何でもないように答えた。砲尾を挟んだサツキの右隣のスペース——装塡手席にいる。サツキの座る砲手席と同じくらいに窮屈な空間だ。

「要は慣れだ。そのうち、エンジンかけっぱなしでも居眠りできるようになるぜ」

「うわぁ、道は険しそう……」

「トウヤ、私からも質問がある……」

シェルツェがこわばった声で尋ねた。砲塔後部、サツキの真後ろの少し上に置かれた車長席に座っている。照準席、装塡手席よりもわずかにスペースがある。

「移動中、私はここで目の前のスコープで外を見ていればいいのか？　それとも、その……ハッチを開けて、身を乗り出していればいいのか？」

「基本、後者だ。モンスターとの戦いになった場合、お前以外の全員が車内で作業するから、視界が狭くなる。そうなると、ハッチの外にいる車長の指示が大切になる。じいちゃんも、みんなの尊敬を集めるような車長は、モンスターがいつ現れるか分からない場所でも、平然と身体を車外に出していたって言ってた」

「私は戦車の『頭脳』であり『眼』なのだな……」

「ああ。ただし、怖ければ車内に戻って構わない。無茶してモンスター恐怖症が悪化しては元も子もないし、この前みたいに戦闘中に泣き出されたら、そっちのほうが危険だからな」

「ぐ……ど、努力はしよう」

「それよりヨシノ、もう少し速力は上げられないか？」

「無理に決まってるでしょ！　ここ、初めて来たところなんだから！」

少し怒ったように答えるヨシノ――かなり余裕がないらしい。

「どこに窪地や岩があるか分からない状態でパンターを前進させているのよ。まさか、舗装した道路がない場所の移動がこんなに大変だなんて、想像もしなかった……」

「子供の頃は、もっと操縦が上手かっただろ」

「忘れちゃったわよ！　とにかく、事故のないように気をつけながら進むから、黙って待ってなさい！」

「分かった。こんな場所で、オレもパンターを修理したくない」

「あ、あの……！　その、修理って、普通はやっぱり、ドワーフの皆さんに……？」

通信手席のフィーネが尋ねた。相変わらずのおどおどした態度だが、少しだけ声に含まれる恐怖が薄れ、ビヤ樽の擬装も解いている。ただ、胸元に例の水晶玉を抱えたままだ。

トウヤが答えた。

「ああ。パンターが壊れたら、だいたいの場合は森林に棲むドワーフたちに預けて修理してもらってる。あいつら、設計図さえあればなんでも作っちまうからな」

「す、すごいんですねぇ、ドワーフの皆さん……」

「修理代は安くないけどな……」

先の決闘での修理代は、お互い納得の上での決闘の結果ということで、シェルツェとトウヤの折半での支払いとなった。双方ともに貯金に大打撃を与えることになったが、こればかりはどうしようもない。

なお、学校側からは「ドーラ」運用のためにいくらかの予算を与えられていたが、その額は雀の涙であり、トウヤとしては何かしらの手段で予算を増やさなければ、パンターでの活動そのものが不可能になりかねなかった。

「会話が弾んでいるところ悪いけど……みんな、到着したわよ」

ヨシノがパンターをゆっくりと停車させた。

トウヤたちが来たのは、丘陵の中程にあるエリアだった。特徴的な形の巨岩が点々と存在しているため、狩竜師たちの目印に使われている。

このあたりに凶暴なモンスターが出現することは稀だった。つまり、狩竜師にとっては、命の危険の心配がない、安全な狩場となる。

「本当にこのあたりに、今回の標的が出てくるの……？」

ヨシノが疑わしそうに言った。

「そんな気配はないんだけど……」

「あくまで事前の情報によるとって話だ。ここからは足で稼ぐ必要がある」

トウヤはそれが当然というように答えた。

トウヤたちがオステルリングム丘陵にいるのは、アーネンエルベから受領した狩竜ミッションを達成するためだった。

もちろん、その目的は学校側から「ドーラ」クラスの生徒たちに月一で課せられる「成果」を稼ぐため。加えて、ミッション達成で手に入る報酬により、少しでも予算を得ることももくろんでいる。

修理を依頼したドワーフたちからトウヤのパンターが返却されて今日で一週間、つまり、校庭での決闘から二週間が経過している。

一応、この二週間で、五人は可能な限りパンターの性能と操縦について勉強を行っていたが、こうして本物のモンスターが出現する狩場に出るのはこれが初めてだった。

そして、トウヤの言うところの、パンターの「本当の攻撃力」を試すことも。

「で、でも、私たちのほかにも、狩竜師がいるようですよ？」

視察溝を覗き込みながら、フィーネが呟く。

草原の彼方には、同じように狩竜に来た狩竜師たちの姿がある。アーネンエルベの制服を着ているところを見ると、自分たちと同じ学生狩竜師で、同じミッションを受領しているらしい。

「や、やっぱり、このあたりにいるという情報は本当では……」

「どうする？　連携を提案してみる？　目標を先に攻撃することができれば、私たちが狩る権利を得られるけど……」

ヨシノが尋ねた。通常、狩竜師の世界では、獲物の横取りは基本的にご法度で、例外は他の狩竜師から救援を求められた場合などの緊急時に限られる。ただし、同じミッションを受領した者同士なら、お互い承諾の上で連携し、戦果を山分けすることも可能だ。

全員が微妙な顔になる――自分たちがまともにパンターを扱えていない状態では逆に迷

惑をかけることが容易に想像できたからだ。

「あ、あの、やっぱり……」

それをもっとも自覚しているのか、フィーネは震える声で言った。

「ま、まだ、連携とかは、早いのではと……！」

と、どこからともなく多数の足音が聞こえてきた。

あまりの足音の多さに、大地が震えるほどだ。次第にそれは大きくなり――それに加えて鳥のような鳴き声も連鎖して聞こえてくる。

ヨシノが声を上げる。

「これって、まさか……！」

「ま、間違いない……！」

シェルツェが青ざめた顔で呟いた。

「ヴィラ・グレンデルの群れだ！」

次の瞬間、丘陵の向こうから、多数のモンスターが巨大な群れで現れた。

個々の個体の全長は二メートルほど。トウヤたちがエゲルで遭遇したプロト・グレンデルを小型化して肉を削ぎ落とし、頭部や両手に派手な飾り羽を付け足した外見だ。中型の竜種なのは間違いない。

ただし、数が尋常ではない。少なくとも三〇〇匹以上——それがひとまとまりになって接近してくる。

ヴィラ・グレンデル——オステルリングム丘陵でメジャーなモンスターのひとつだった。繁殖能力が高く、こうして巨大な群れを作ることが多い。雑食性で人間を襲うことはほとんどないが、食料が不足すると人間の畑を荒らすため、害獣として認識されている。

今回のミッションは、ヴィラ・グレンデルの駆逐だった。最近、付近の村落ではヴィラ・グレンデルによる被害が報告されており、また、その牙からは、薬物に転用可能な錬骸素材が入手できた。牙に主要な錬骸素材があるのは竜種の共通事項だ。

ミッションで駆逐を要求されている個体数は五〇匹。あの群れの六分の一を倒せば、それでミッション完了となる。

ヴィラ・グレンデルの群れはいくつもの丘のみねを越えながら、急速にこちらに迫ってきていた。このままでは群れの濁流に巻き込まれてしまう。

「シェルツェ、車内に戻れ！　そこなら安全に指揮ができるはずだ！」

「シェルツェ!?」

トウヤは叫んだ。シェルツェは車長席に立って上半身を車上に出したままだ。

「わ、分かっている……」

迫りくる無数の足音の中、シェルツェは震える声で言った。

「だ、だが、貴様の言うとおり、パンターに乗っていれば多少は安全のはずだ……モンスター恐怖症を克服するためにも、た、多少は、耐えておかなければ……」

「またそういう強がりを言って！」

「い、今のところは大丈夫なのだから、きっと……」

「もしものことがあったらどうする⁉」

突然、耳を傷めるほどの甲高い音響——ヴィラ・グレンデルの群れが頭部の飾り羽を開きながら、威嚇のために一斉に咆哮を放ったのだった。

ヴィラ・グレンデルの咆哮の大きさは、パンターの車体を震わすほどだった。もちろん、地表の足音はさらに大きくなる。

数十秒後、咆哮はぱったりと止んだ。トウヤが叫ぶ。

「シェルツェ、大丈夫か⁉」

返事がない——トウヤはすぐにシェルツェの服を掴み、車長席に強引に引き摺りおろした。

シェルツェは恐怖に凍り付いたような表情のまま気絶していた。間違いなく、今の咆哮をまともに受けた影響だろう。

トウヤはシェルツェの肩を激しく揺さぶるが、反応がない。

「みんな、シェルツェが気絶した！　以後、オレが指揮を執る——サツキ、やれるな⁉」

「やれるなって……やってみるしかないじゃん、こんな状況！」

「んじゃ、やってみるか！」

トウヤはどこか嬉しそうに言った。大声で叫ぶ。

「砲戦準備！　弾種榴弾。目標、ヴィラ・グレンデルの集団！」

トウヤはそう自分で口にしながら、車体側面のラックに手を伸ばした。そこには、あの〝例の容器〟に似た物体が大量に並んでいる。ただ〝例の容器〟と異なり、先端に円錐形の蓋のようなものが新たに取り付けられている。

トウヤは砲尾右のレバーを引き、砲尾を開放した。そこに生じた円形に、〝例の容器〟に似た物体を左手の拳で正拳突きのように押し込み、暗線装置解除のボタンを押す。

「装填完了！」

サツキは安全装置が解除されたことを確認しつつ、装填手席前面の各種ハンドルとレバーを操作した。パンターの砲塔と砲身がそれに連動し、何かを探すような挙動を示す。

サツキがその作業——照準を行いながら、不安そうに尋ねる。

「ねえ、ぶっつけ本番だけど、本当にやっちゃっていいんだよね⁉」

「ああ！　車内の壁面に防護効果のある錬骸物質を張っておいたから、事故が起こってもどうにかなるはずだ！　安心して撃て！」

「了解、射撃開始！」

　サツキは足元のボタンを踏んだ。

　一瞬後、パンターの車内は巨大な衝撃に見舞われた。あまりの衝撃の大きさに、意識のある全員が身を縮こませる。

　同時に砲尾が後方に突き出され、自動的に〝例の容器〟――薬莢が加熱された状態で車内の薬莢受けに吐き出される。立ち込める白煙。その後、砲尾が自動的に元の位置に戻る。白煙は換気装置によって車外に排出される。

　一方、車外では砲身の先で爆発が生じ、そこから高速で何かが撃ち出されていた。そのままオレンジ色の曳光を引きながら、ヴィラ・グレンデルの群れに迫る！

　と、思いきや、砲弾はヴィラ・グレンデルの群れの側面を掠め、遥か後方まで直進――草原に撃突し、そこで爆発した。巨大な黒煙と炎が生じ、土砂が吹き飛ぶ――まるで、高レベルの狩竜師の放った攻撃魔法が直撃したかのようだ。

　しかし、目標であるヴィラ・グレンデルには何の被害もしない。

　トウヤが興奮しながら拳を握りしめる。

「おおおお！　これがパンターの砲撃か！　すげぇ大威力じゃないか！　当たれば一網打尽にできるぞ！」

「それは当たればの話でしょ⁉　ちょっとサツキ、どうなってるの⁉」

「ごめーん！　照準、間違えちゃったみたいー！」

てへへ、と恥ずかしそうに応じるサツキ。

「だって、照準の計算、すっごく難しいんだもの。方程式を暗記するだけで精いっぱいだよ。あ、でも、あたし、学科の成績がボロボロで入学したって、言ってたよね？」

頭が悪いのはどうしようもないと言いたいらしい。

パンターが今のような攻撃――砲撃を行えるようになったきっかけは、決闘の直後にサツキが口にした「砲身は、火薬を炸裂させて砲弾を飛ばすためのものではないか」「どこかに砲弾が残っているのではないか」という推測にあった。

これを受け、トウヤは決闘が行われたその日にパンターとともにオゾラ村に向かい、パンターを近郊の森林のドワーフたちに預けた後に、祖父の倉庫を探索、数日がかりの作業の末、ついに隠し部屋を見つけ、パンターの砲弾と、パンターの運用の詳細を記した祖父のノートを発見したのだった。

どうやら祖父は、自身が亡くなった後を見越し、パンターに強大な攻撃力を与える装備をトウヤが安易に使うことを警戒し、それらを隠しておいたらしい。

サツキはその功績を買われて、照準に抜擢されたのだが……。

本来なら射撃試験と訓練を事前に済ませておくべきだったのだが、学校の演習場がなかなか借りられず、今日までそれを行えなかったのだ。狩竜師の武装は訓練時、あるいはモンスター相手にしか使用できないため、適当な場所で済ませる、ということもできなかった。

ちなみに、サツキが口にした「射撃開始」という掛け声は、祖父の遺したノートに、射撃の際にはそう叫ぶべしと書いてあった言葉だった。フィーネによると、かつての戦車精霊たちも同じ言葉を叫んでいたらしく、サツキたちもそれに倣うことにしている。

「あたし、数学は他の教科よりマシだった気がするんだけどなーおかしいなー」

「言い訳はいいから早く次を撃って！」

「わかってるわかってる！　トウヤちゃん!?」

「引き続き榴弾だ。今のうちに撃てるだけ撃て！」

トウヤの装填を待ち、次々に射撃を行っていくサツキ。数十秒ごとに、パンターの砲身から砲声が轟き、砲弾が高速で放たれていく。

しかし、パンターの砲弾は一発もヴィラ・グレンデルの群れに飛び込まず、周囲に無意味な破壊を広げていくだけだ。

着弾のたびに巨大な爆発が繰り返されるため、舞い上がった土砂の粉塵と黒煙が広く立ち込め、接近しているヴィラ・グレンデルの群れさえも見えづらくなっている。

咎めるように叫ぶヨシノ。

「ちょ、ちょっと、サツキ！」

「あれれー？　やっぱり、あたしの弱い頭だと無理なのかなー？」

「そんな簡単に諦めないでー！」

「いやでもすごい威力だぞ！　じいちゃんはこれで大型モンスターを狩っていたんだな！　これで徹甲弾ならどうなるんだ⁉」

思わずはしゃいでしまうトウヤ。

祖父が遺した砲弾は二種類あった。広い目標に爆発の衝撃や飛び散る弾片でダメージを与える榴弾と、硬い目標を貫通した後に爆発、その内部を破壊する徹甲弾だ。ノートによると、榴弾は今回のように防御力が低いモンスターの集団を狙う場合、徹甲弾は防御力の高い大型モンスターなどを狙う場合に使用するべし、とあった。

トウヤにしてみれば、長年の疑問だったパンターの「本当の攻撃力」の正体が判明し、今日の射撃で、ついにその威力が分かったのだった。テンションが上がらないはずがない。

祖父の倉庫に残されていた砲弾は、榴弾、徹甲弾がそれぞれ五〇発ほど。決して少なくはない数ではあるが、遠慮なく撃ちまくれるほどの数ではない。

ヨシノのすかさずの突っ込み。

「トウヤもいちいち喜ばない！　このままじゃ、攻撃のチャンスが無くなるじゃない！」

「分かっている！　だが、これだけ撃って当たらないとなると……」

トウヤがそう言いかけた瞬間、突然、パンターの車体側面に、何か、硬いものが叩き付けられる音が響いた。フィーネがか細い悲鳴をあげながらびくりとする。

「い、今の、なんですか……？」

次の瞬間、唐突にフィーネの頭上のハッチが開かれ、そこから見知らぬ少年の顔が突き出された。アーネンエルベの「ベルタ」の制服――先ほど見かけた、学生狩竜師の一人だ。手には大剣――彼の大剣がパンターにぶつけられたらしい。

少年は怒り心頭の様子で叫んだ。

「あんたたち、何やってるんだ！」

「ひいっ！」

運悪く、怒号を直接浴びせられる立場になったフィーネ――みるみるうちに目に涙がたまり、泣き出しそうな顔になる。

「あんたたちのゴーレムの攻撃のおかげで、戦場は真っ暗だ！　おまけに、あんたたちが滅茶苦茶に撃ちまくっているおかげで、こっちは攻撃が出来ない！」

巻き添えを食らったらどうしてくれる——そう言いたいらしい。

「まともに狩竜が出来ないなら、さっさとどっかにいけ！　先日の決闘で少しは出来ると思ったが、実戦でこれじゃあ話にならない！　やっぱり『ドーラ』は『ドーラ』だな！」

「あ、あ……」

「あの群れはオレたちが狩る！　あんたたちは引っ込んでろ！」

怒りに任せ通信手席のハッチを閉める少年。地上に飛び降り、そのまま近くにいた仲間たちとヴィラ・グレンデルの群れに駆けていく——近接戦闘で仕留めるつもりらしい。

ヨシノが腹立たしげに呟く。

「あいつ……！　だからって、あの群れを最初に攻撃したのは私たちなのよ！　獲物を狩る権利は私たちにあるわ！　事実上の横取りじゃない！」

トウヤがフィーネに尋ねた。

「フィーネ、水晶玉であの連中に、群れを狩る権利はオレたちにあるって今すぐ伝えられないか？　学生狩竜師同士だって、獲物の横取りはご法度のはずだ」

「む、む……」

「む……？」

「む、無理です！　そんな……怖い、怖すぎます！」

　フィーネは泣きながら訴えた。

「あんなに怒ってたんですよ⁉　無茶です！　また怒られるに決まっています！　私、人と話すのも苦手なのに、そんなこと、出来るはずがないじゃないですか⁉」

「お、おい、フィーネ⁉」

「ああ、またあの人に怒られたら、私、耐えきれません……！　私、またビヤ樽に籠っていいですか⁉　というか、次は怒られる前に籠ります！」

「この状況で⁉」

「トウヤちゃん、サツキちゃん、かなり不味いよ！」

　サツキが照準器を覗き込みながら叫んだ。

「ヴィラ・グレンデルの群れが分裂した！　ひとつがこっちに向かってくる！」

　トウヤは視察溝で確認――サツキの言うとおりだった。ただし、群れのひとつは学生狩竜師たちの突撃を受け、次々に切り刻まれ、吹き飛ばされている。

　このままでは、パンターはヴィラ・グレンデルの群れに巻き込まれてしまう――人を襲うことがほとんどないドラゴンとはいえ、何が起こるか見当がつかない。

「サッキ、砲撃で追い払えないか⁉」

「照準が間に合わない！　それに、今撃ったら本当にあのチームに被害が……」

「そうだ、こういうときの近接戦闘……シェルツェ、起きろ！」

トウヤは背後を振り向きながら叫んだ。

「こういうときのために、パンターにヴィンケルレイドを装備したんだろ⁉」

パンターの砲身には巨大な大剣が装備されていた。決闘の際、シェルツェが使用した聖剣ダンケルレイドと対となる存在で、より巨大な刃を持つ聖剣ヴィンケルレイドだ。

トウヤはドワーフたちにパンターの修理を頼む際、シェルツェが口にした「砲身は大剣を装着するためのものではないか？」という発想を実現するために、ヴィンケルレイドのような大剣をパンターの砲身に装備するための機材の装着を発注していたのだった。砲身の下方にシェルツェから貸し出されたヴィンケルレイドをそのまま固定する単純な構造だが、射撃の衝撃でグラつかないよう、ネジでしっかりと固定してある。

長いパンターの砲身に、巨大な大剣が装備されているのはかなり異様だったが、これはこれで意外とサマになっている。

欠点は、現状ではヴィンケルレイドの刃が下向きに固定されているため、ヴィンケルレイドによる攻撃が刺突しかできないことだった。これで刃の向きが横に出来れば斬撃も可能になるのだが、さすがにトウヤもそこまで考えが及ばず、解決はいずれの機会となっている。

そのヴィンケルレイドを振るうチャンス――トウヤは叫んだ。

「パンターを介せば、ヴィンケルレイドを扱えるかもしれない……って言ったのはシェルツェだろ!」

トウヤはシェルツェを揺さぶるが、本人は微動だにしない――相変わらず車長席で気絶しているのだった。

サツキが悲鳴そのものの声で叫ぶ。

「もう駄目だよ! 間に合わない!」

「ヨシノ、後退だ! 全速力で!」

「り、了解……!」

ヨシノはパンターを急発進で後退させた。ヨシノは後方の安全を確かめるために思わず振り返るが、パンターの砲塔が視界を邪魔して、それは果たせない。

案の定、パンターは地表の大きな岩石に右の帯帯から乗り上げてしまった。

すぐにパンター岩石から外れたが、その衝撃で右の履帯が千切れ、停止してしまう。

「ちょ、嘘……! 止まっちゃったの!?」

サツキが泣きそうな声で叫んだ。

「トウヤちゃん、どうにかならないの⁉」

「無理だ！　履帯はオレたちでも修理できるが、時間がかかる！」

「ええー」

「それより……！」

地鳴りのような轟音（ごうおん）——ヴィラ・グレンデルの群れが目前まで迫（せま）ってきているのだった。

しかし、履帯が外れ、移動が不可能となったパンターに、もはや回避（かいひ）の手段はない。

サツキとフィーネの叫び声が聞こえる。

「もうだめー！」

「ひぃぃ、ひぃぃぃぃぃ！」

トウヤが叫んだ。

「ヨシノ、ハッチを閉めて操縦席に！」

「分かってる！」

ヨシノはすぐさまハッチを閉め、操縦席に腰（こし）を落とした。

すぐにパンターはヴィラ・グレンデルの群れに巻き込まれた。パンターの両脇（りょうわき）を、あるいは車体の上を、ヴィラ・グレンデルが次々に駆けていく。

ヴィラ・グレンデルはパンターを攻撃することはなかったが、足で踏みつけられたり胴体が掠っていく衝撃で、車体が激しく揺さぶられる。

トウヤはじっと天井を見上げながら、嵐のような時間が過ぎ去るのを待った。サツキもヨシノも、青ざめた表情で耐えている。

数十秒後、車体の振動は少しずつ小さくなり、やがては完全に停止した。ヴィラ・グレンデルの無数の足音も次第に小さく、そして遠くなっていく。

「終わった……？」

ヨシノは恐る恐るハッチを開けて周囲を確認した。

予想通り、ヴィラ・グレンデルの群れはパンターをすり抜け、そのまま後方へと走り去っていった。群れをしっかりと維持している――ヴィラ・グレンデルの種としての統制能力の高さがうかがえる。

一方、学生狩竜師たちの突撃を受けた群れは、事実上、壊滅状態となり、ごくわずかな個体がそこから逃れられたに過ぎなかった。

黒煙で汚れた草原を背景に、肩で息をしながら佇む学生狩竜師たちの周囲には、五〇匹以上のヴィラ・グレンデルの死体が散乱している。

錬骸素材を入手するためにある程度の手加減をしたのか、ほとんどの死体が原形を留めたままだ。狩竜の後、撃破したモンスターについて記録を残し、遺体を解体して錬骸素材を手に入れるのも、狩竜師の大事な仕事とされている。

そのうちの何人かはパンターに軽蔑しきった表情を投げつけている。

トウヤたちのパンターがこの戦いで行ったことといえば、榴弾による砲撃を四方八方に叩き込んだだけなのだから――そう見られても仕方ないかもしれない。

「はっ……！　今まで私は何を……」

唐突に背後から聞こえるシェルツェの声――遅まきながら、気を取り戻したらしい。

シェルツェの目の前には、ぐったりとしたサツキの姿がある。

「サツキ、大丈夫か⁉」

「あは、あははは……」

返事の代わりに、複雑な微笑みを返すサツキ。シェルツェは怪訝そうに呟く。

「そういえば、私はいつの間に車内に……確か、ヴィラ・グレンデルの群れをじっと見つめていて、それで……」

シェルツェの顔面が蒼白になっていく――自分がしてしまったことを自覚したらしい。

「私は、なんということを……」

シェルツェはトウヤをじっと見つめ、許しを求めるように言った。

「トウヤ……」

トウヤは分かっている、というように頷いた。

「気にしなくていい。こんなこともあるさ」

「しかし……！」

「まだ、チャンスはあるから安心しろ」

トウヤたちが受領した狩竜ミッションは、今回のヴィラ・グレンデル掃討だけではなかった。他にもオステルリングム丘陵で達成が可能な、いくつかのミッションを受領している。

アクインクムからオステルリングム丘陵までは、パンターを使えば日帰りで往復できる。このため、トウヤたちは手持ちの砲弾の半分を消費するまで毎日ここに通い、技量の向上と「成果」ノルマの達成、そしてシェルツェのモンスター恐怖症の改善を図るつもりだった。

この計画についてはシェルツェも了承している——どれだけパンターで訓練しようとも、結局は直接モンスターと対峙していかなければモンスター恐怖症の改善は見込めないと、シェルツェ本人も認めているのだった。

ゆえに、トウヤの言葉は嘘ではないのだが——今のシェルツェにとっては、慰めにはならないようだった。

と、突然、砲塔内から「きゅー！」という叫び――カピバラのカピ太が砲塔を駆け回り始めたのだった。状況が落ち着いたのを察したのかもしれない。

サツキが慌ててそれを止めようとする。

「お、落ち着いて、カピちゃん！　もう大丈夫だから……って！」

そのままシェルツェの頭にジャンプするカピ太。

「あっ！」

「どうした、サツキ⁉」

次の瞬間、カピ太がシェルツェの顔に飛びついた。

シェルツェは時が止まったように身体を凝固させ――声にならない悲鳴をあげる。

シェルツェは二週間、ずっとカピ太と過ごしているものの、いまだに触れることさえ出来ないのだった。

突然の出来事に、トウヤもサツキも唖然としている。

ヨシノが大きくため息を吐き出しながら呟いた。

「とりあえず、シェルツェがまた落ち着きを取り戻したら、履帯を修理しましょう……」

2

「で、これがその結果、ね……」

三日後。王都アクインクム、アーネンエルベ狩竜師学校、旧校舎、その「ドーラ」クラスの教室で、クリスが呆れるように言った。

面前には、トウヤたち五人の「ドーラ」の生徒たちが席についている。

五人の面持ちは、トウヤを除き、一様に暗かった。特にシェルツェは、今にも死にそうな顔になっている。

その理由は、クリスが手にしている何十枚かのレポートにある。

「えーと、一日目。ヴィラ・グレンデル五〇匹撃破ミッション。群れの突進に巻き込まれそうになり、後退途上でパンターの履帯が外れて行動不能になって失敗。二日目。アーケルケロン撃破ミッション。目標を探索中に水辺で同じように履帯が外れて行動不能になって失敗。三日目。メガヌラウス一〇〇匹掃討ミッション。撤退を選択して失敗……」

クリスは怪訝な顔になって尋ねた。

「ヴィラ・グレンデルとアーケルケロンは分かるとして、メガヌラウスなんかにどうして?」

ちなみにアーケルケロンは巨大な亀型のモンスター、メガヌラウスは巨大な蜻蛉型のモンスターだった。どちらもオステルリングム丘陵に生息する人間に危害を加える力のないモンスターだ。アーケルケロンは甲羅が錬骸術の素材となるため、メガヌラウスは田畑を荒らす害獣として、撃破が求められた。

「あー、それは、その……」

ヨシノが言いにくそうに呟く——シェルツェがそれに被せるように言った。

「恥ずかしい話だが、私はモンスターの中でも、特に虫型が苦手なのだ。モンスター恐怖症が発症した初陣で対峙したのも、同じ虫型のモンスターだった……」

「そ、そうなんだ……で、結果的にいずれもミッション達成はならず。しかも、撃破したモンスターはゼロ……」

クリスはそこまで言ってため息を吐き出すと、全員を見つめた。

「ちょっとこれは厳しい結果ね。まさか、私もここまでとは思っていなかったけど……」

一同は声も出ない。

三つのミッションが失敗に終わった原因は多岐に亘ったが、とにかく、全員の欠点、あるいは技量不足が余すところなくさらけ出された結果だった。特に、シェルツェのモンスター恐怖症の影響は大きく、どの戦いでもシェルツェはモンスターとの会敵後、例外なく車長としての指揮能力を失うか、恐怖のあまり戦意を損失していた。

「他のクラスの生徒たちからも苦情が来ているわ。貴方たちに狩竜を妨害されただけでなく、攻撃の巻き添えで被害を受けそうになったって」

　クリスの言葉に、トウヤ以外の誰もがさらに暗い顔になる。

　オステルリングム丘陵での出来事は、早くも噂としてアーネンエルベ全体に伝わっていた。このため生徒たちは。トウヤたち「ドーラ」の面々を「正攻法では『成果』の稼ぎようがないから、ゴーレムに頼るしかない落ちこぼれの連中」と見なすようになっている。

　また、そのゴーレム――パンターについても、「対人戦では多少は役に立つが、実際の狩竜では役に立たない代物」という評価が固まりつつある。狩竜師の世界では、対人戦でどれだけ強くともモンスターとの戦いで強さを示せなければ何の意味もない、という意識が広まっており、今回の場合、先の決闘でパンターがシェルツェに勝利したことが、逆にマイナス要因となっていた。

「基本的には、貴方たちの自由意志に任せるしかないんだけど……」

　クリスは尋ねた。彼女は、トウヤたちから、「ドーラ」の生徒全員がパンターの乗組員となり、パンターで「成果」ノルマを達成するという意志を聞いている。

「このままで、本当に大丈夫？　少しやり方を変えてみたら？」

　本音としては、「パンターでの『成果』稼ぎは、諦めた方がいいのではないか」と言いたいところだったが、学園長からの話もあるので、ストレートには言いづらい。

「……いや、このまま、パンターでもう少しやらせてもらいたい」

シェルツェが消え入るような声で答えた。気迫は完全に消えているが、瞳の輝きが失われたわけではない。

「ここで逃げては、私は何のためにここにいるのか分からなくなってしまう……どうか、皆も認めてほしい」

「当たり前だろ、そんなことは」

トウヤが応じた。五人の中でただひとり、平然としている。

「初陣で情けない思いをしないほうが珍しいって、じいちゃんも言っていた。中には〝例の容器〟のお世話になるやつもいたらしい。だから、オレはまだやれると思ってる」

シェルツェは少し気が楽になったように答えた。

「そう言ってもらえると助かる……だが、やり方を少し変えるべきだというクリス先生の意見には、私も賛成だ」

「どういうことだ？」

「ミッションの帰り際に提案した話だ」

「乗組員の配置の変更の話だったら、考えを変えるつもりはないぜ」

「しかし……！」

「この前も言っただろ、オレには車長は無理だって」

　トウヤは何の気負いもなく眼帯を指さした。

「車長はパンターの『頭脳』であり『眼』だ。絶対に視野が半分の人間がなるべきじゃない。同じ理由で、操縦手も照準手も無理。となると、通信手か装塡手になるが、それなら、力仕事が必要になる装塡手がベストだろ」

　パンターの砲弾はかなり重い。徹甲弾、榴弾ともに一〇キロ以上ある。トウヤとしては、この仕事を自分以外に任せるつもりはなかった。

「オレが装塡手になると、操縦手はオレと同じように操縦が一通りこなせるヨシノ、照準手はまがりなりにも『砲』の知識があるサツキがベスト。残りは通信手と車長で、さすがにフィーネに車長を任せるのは無理だから、フィーネが通信手、シェルツェが車長ということになる」

　フィーネが申し訳なさそうに呟いた。

「すみません、私の我儘を聞いてもらって……それでいて、あんな結果になって……」

「それも気にしなくていい」

　人見知りの性格のフィーネに通信手が与えられたのは、フィーネ独自の特技と、本人の要望によってだった。

性格的に不釣り合いな役目であることは分かっていたが、一方で、手持ちの水晶玉で外の人間と会話することが出来るので、他の狩竜師たちとの連携に役立ちそうだったからだ。

また、フィーネ自身、人見知りを改善したいという願いがあり、それを反映している。

もっとも、オステルリングム丘陵では、完全にそれが裏目に出てしまったが……。

「じゃあ、あたしもこのまま照準手でいいの？」

サツキが確認するように尋ねた。

「あたし、頭が悪いから、照準がまともに出来るようになるまで、まだ時間がかかりそうだよ？」

「気にするな。パンターは、どんな人間でも努力すれば必ず動かせる。オレみたいなバカでも操縦が出来ているのがその証拠だ――錬骸結晶を扱う才能もいらないしな」

トウヤはサツキに頷き、全員を見回した。

「今回のミッションでは上手くいかなかったが、オレとしてはベストな配置を選んでいるつもりだ。今は経験が足らなくて、かみ合っていないだけだ……だから、配置の変更はしない。シェルツェには、引き続き車長を任せたい」

シェルツェに向き直るトウヤ。

「シェルツェは責任感が強いし、モンスター恐怖症さえ表に出なければいつも冷静だ。いまだって、自分と正面から向き合っているからこそ、オレにそんな話を振ってきている」

　トウヤはつづけた。

「その上、対モンスター戦の知識に詳しくて、大剣を使った近接戦闘が得意とくれば、これはもう車長を任せるしかないだろ。ヴィラ・グレンデル戦でも、接近する連中の正体を一番先に察したのはシェルツェだしな。実戦で近接戦闘が出来なかったのは残念だが、そのセンスの良さは先日の決闘で証明されているわけだし」

「しかし、私はモンスター恐怖症の身だ！　見ただろう、今回の結果を！」

　自分の身を引き裂くように応じるシェルツェ。

「私の立場を慮ってくれる皆の心遣いには本当に感謝している。だが、車長がパンターの指揮官なら、私はお前たちの命を預かることになる。私の不手際のために、お前たちを本当の危険にさらしてしまうかもしれないのだぞ？」

「お前が務まらないなら、他の四人ではさらに無理だ。それに、お前だって、この三日間で成長してないわけじゃない。少なくとも、最後のメガヌラウス戦では、最後まで車長席に座って、撤退を命令できるくらいにはなったじゃないか。恐怖で失神していた最初と比べれば、大した成長だ」

「そんなものは成長とはいえない」

「安心しろ。オレだってパンターの操縦をいきなり覚えたわけじゃない」

　トウヤは背もたれに体重をかけて、気楽に言った。

「だから、そんなに深刻に考えんな。今回のミッションだって、結果的に失敗したけど、次につなげられる要素も出ているんだから。成長って意味では、他のみんなも結構なものだったし。な！」

　良い面だけに目を向ければ、ヨシノはパンターの操縦により慎重になり、トウヤも装塡スピードをいくらか速めることに成功していた。サツキの照準の精度も、最後のあたりではかなりマシになり、フィーネも、少しずつではあるが、他人とよどみなく話せるようになってきている──少なくとも身内の間では。

「パンターについてだって、サツキのおかげで砲撃が出来ることが分かったんだ。まさかじいちゃんが、オレに隠し事をしてるなんて思いもしなかったが……ともかく、オレたちは一歩一歩、前に進んでいる」

　トウヤは自信を込めて言った。

「だから、お前を車長から外すつもりはない。お前以上に、パンターを操れる奴は、『ドーラ』のクラスにはいない。オレはそんなお前を信じる」

「……どうして」

シェルツェは信じかねるように尋ねた。

「どうしてそこまでしてくれるのだ？　私はずっと、お前たちと一緒にいるとは限らないのだぞ？　可能性は少ないが、モンスター恐怖症が残りの二週間で改善すれば『リディア』に戻るだろうし、それが果たせなかった場合についても、私の中では定まっていない」

「モンスター恐怖症の改善については約束したからな」

トウヤは答えた。

「たとえ二週間後にどうなろうとも、乗組員に誘った以上、出来る限りのことはする。どんなことがあっても、オレたち全員でフォローしてやるし、改善のチャンスを作り出す」

「…………」

「だから、そんなに堅苦しく考えんな。モンスター恐怖症の改善を考えるなら、お前の才能を生かせる車長をこなして、地道に経験を積んでいった方が、結果的に早道になるに決まっているんだから。パンターだって雑な整備をすれば、すぐに動かなくなる。それと一緒だ」

「本当にお前は、そう思っているのか……？」

「当たり前だ」

「どうしてそんな確信が持てる……!?」

「じいちゃんが言っていた。戦車乗り——機甲狩竜師はどんなときでも仲間を信じて力を合わせるものだ、戦車は、そうしなければ真価を発揮してくれないからって……」

トウヤは言った。もちろん、本気の言葉だ。

「仲間が困っていたら、助けてやりたいと思う。気落ちしていたら、勇気づけてやりたいと思う。悲しんでいたら、慰めてやりたいと思う。それが機甲狩竜師というものだと思うし、オレが出来る、精一杯のやりかただ」

「トウヤ……」

ヨシノが思わず呟く——トウヤはそれに応じず、じっとシェルツェを見つめている。

「だから、オレはお前を信じる。お前ならきっと、パンターの車長をこなすことが出来る」

シェルツェは戸惑うようにそれを受け止めると、口を紡ぎ——やがて、小声で呟いた。

「……わかった。努力はしよう……」

しかしその表情は、いまだ迷いが残っていた。

3

「いや～極楽（ごくらく）極楽。こんな場所が、アクインクムにあったんだねぇ……」

サツキが湯煙（ゆけむり）で霞（かす）む天井（てんじょう）を見上げながら、気持ちよさそうに呟（つぶや）いた。

場所は、アクイン地区に置かれた大浴場のひとつだった。神代（じんだい）以前の遺跡（いせき）をそのまま利用した設計で、内装には大理石の彫刻（ちょうこく）やモザイク、ステンドグラスがふんだんに使われている。

アクインクムには同じような大浴場が多数存在し、人々の憩（いこ）いの場となっていた。天然の温泉だけでなく、錬骸術を利用したボイラーも使われているという。

今、サツキたちは浴場で揃（そろ）って湯舟（ゆぶね）に浸（つ）かりながら、三日間のミッションの疲れを癒そうとしていた。

シェルツェが答えた。相変わらず落ち込んでいるが、会話に応じれないほどではない。ただし、声はそれなりに硬い。

「あまり知られていないが、アクインクムは大衆浴場の宝庫だ。ダーヌビウ川の恵（めぐ）みにより、血行をよくする効果があるらしい」

「へぇ……錬骸術みたいだね」

「この浴場の内装は、以前、実家のパウル家に仕えていた人間がデザインしたと聞き、試（ため）しに来てみたのだが……気に入ってもらえたのならなによりだ」

「さすが騎士の家柄、言うことが違うね。あたし、あんまりこういう場所に来たことないから、感動だよ……」

本当に極楽だよ〜、と頭上を仰ぎ見るサツキ。

「トウヤちゃんも来られたらよかったんだけどねぇ……」

一応、トウヤも誘ったのだが、パンターの整備があるという理由で断られたのだった。

履帯が外れた以外はほぼ無傷だったとはいえ、三日間のミッションでパンターの足回りは酷使されており、入念な点検が必要だった。四人は自分たちも手伝うとトウヤに申し出たが、トウヤは、

「俺とパンターのデートの時間なんだ。最近構ってやれなかったからな。オレのことは気にせず、お前たちはゆっくり休養してくれ」

と言って、さっさとパンターに乗って下宿に帰ってしまった。

「あそこまでくると、トウヤちゃんの戦車好きも筋金入りだねぇ……ねぇ、ヨシノちゃん？」

「え？　ええ、そうね、スゴい……わね」

「……？　何の話？」

「へ？……あ、いやその、そう！　この浴場、内装スゴいわねって！」

「ああ、うん。さっきからあたしもそう思っていた」

「……ええ、見とれちゃったわ」

ヨシノは嘘をついていた。本当は衝撃的な事実に気づき、動揺していたのだった。

ここにいる三人の、全員の胸が、大きい。

揃いも揃ってボリューミィで——それを誇示するかのように湯舟の中でたゆたっている。

意外な共通点だった——普段はアーネンエルベの制服を着ていて、かつ、戦車の中にいることが多かったため、これまで気づかなかったのだ。しかし、こうして全員が湯舟に浸かっていると、有無を言わせない美麗さを感じてしまう。

当然ながら、体格には個人差はある。筋肉質でスレンダーな身体つきのシェルツェ、華奢なサツキ、そして、おそらくは標準的な自分——そんな感じだ。

もっとも、そのおかげで胸の大きさが、いっそう際立ってしまっているのだが。

「…………」

トウヤは気づいているだろうか？

おそらく、気づいていないに違いない。女の子たちとお風呂に行くよりも、パンターの整備を選ぶような男だ。よしんば気づいていたとしても、だからどうした、と思うだけに違いない。

複雑な気分だった。

トウヤがそうした性格であることは、ある意味で迷惑だが、ある意味ではありがたい。

しかし、自分たちが異性として認知されていないことを考えると……。

「ヨシノちゃん、どうしたの？　さっきから真剣な顔して……」

目の前に移動してきたサツキが心配するように尋ねた。自然に視界に入ってしまう胸元。

「べ、別にそういうのじゃないから、気にしないで！」

「そういうの？」

「と、ところで、フィーネは？」

「フィーネちゃん？　脱衣所で別れたっきり、見かけ……」

そう言いかけたサツキの顔が、ある方向を向いたままフリーズする。ヨシノとシェルツエもそれを視線で追いかけ――同じように固まってしまう。

浴場の床の上で、ビヤ樽が移動していた。

しかも、そろりそろりと。こちらに気づかれまいとしているのがまるわかりの動きで。

正体は確認するまでもなかった――ヨシノが声をあげる。

「フィーネ！　いくらなんでも、浴場に水晶玉をもって入るのは、非常識でしょう⁉」

「ひぃぃっ！」

ビクン、と揺れるビヤ樽。怒られることは予想していたらしい。

「こ、これからサウナに入ってきます！　そこなら、誰にも裸を見られないので！」

「あ、こら！」

ヨシノの制止を聞かず、フィーネはビヤ樽のまま素早くサウナ室に入ってしまった。

呆れるようにため息をつくヨシノ。

「まったく……」

微かに陰のある声で答えるシェルツェ。

「フィーネは、あれはあれで努力していると思う。出来れば、受け入れてやってほしい」

「シェルツェはフィーネに妙に甘いわね……」

「同じような悩みを持っているからな……」

シェルツェのモンスター恐怖症と、フィーネの人見知りな性格のことを言っているのだろう。たしかに、どちらも本人にはどうしようもないことで……シェルツェがフィーネに共感を覚えるのもよくわかる。

ヨシノはシェルツェに何気なく尋ねた。

「……それで、シェルツェのほうは大丈夫なの？」

それだけでシェルツェはヨシノの言いたいことが分かったようだった。ため息とともに応じる。

「大丈夫……ではないな、心境的には」

「やっぱり、さっきの車長の話？」

サツキが尋ねた。シェルツェは「ああ」と頷く。

「もちろん、パンターで貴様たちと戦う覚悟はできている。だが、車長となるとな……」

シェルツェが口にした通り、パンターの車長になれば、乗組員の全員の命を預かることになる。モンスター恐怖症で、かつ、オステルリングム丘陵で失敗を繰り返してしまっているシェルツェとしては、荷が重いと感じて当然かもしれない。

サツキが僅かに首をかしげながら言った。

「あたしは、シェルツェちゃんに指揮官になってもらいたいけどな。あたしなんかより、ずっと頭が良くて冷静なんだし」

「買い被りだ。もちろん、他人を指導することに自信がないわけではない——ただ、例の恐怖症のことを考えると、どうしても不安を感じてしまう」

「気にしなくていいわよ。私も気持ちとしては、トウヤと同じだから」

ヨシノが軽く微笑みながら言った。

「せっかく五人で頑張ることにしたんだから、最後までやり遂げないと。私も、シェルツェのことはフォローしてあげたいと思っているし」

「ありがとう。ただ、これは純粋に、私の気の持ちようの問題だ。いずれ立ち直って見せるが……今は気落ちをさせてほしい」

大きくため息をつくシェルツェ。そのしぐさをみて、ヨシノは思わず吹き出してしまう。

「なんだか、シェルツェってトウヤに似ているかも」

「トウヤと？　私が？」

「うん。裏表(うらおもて)のないところが特に」

「……かもしれない。しかし、私の場合は、これまでが順風満帆(じゅんぷうまんぱん)すぎたことが、逆に困難を呼び寄せている気がする」

水面に映し出された自分自身を見つめながら、シェルツェは呟いていた。

「言い訳に聞こえるかもしれないが、『リディア』に入るまで、私は挫折らしい挫折を知らなかった。家族にも師にも仲間にも恵まれ、狩竜師の才能も認められていた……実際は、運が良かっただけかもしれない。そのために、モンスター恐怖症が発覚した後、自分に対して完全に自信を失ってしまった。今もそうかもしれない」

シェルツェの視線は、まだ水面に据(す)えられている。

「トウヤが私を信じてくれているのも分かっている。あの性格は、祖父という良き師を得たおかげだろう。私もトウヤの信頼には答えたいと思う。だが、今は、まだ……」

シェルツェの呟きに、ヨシノは小さく頷いた。今はまだ、シェルツェの心の整理がついていないのだ。もう少し時間が経てば、シェルツェも覚悟が固まるかもしれない。その時を待っても、遅くはない――。

と、その時。

「あら、こんなところでお会いするなんて、奇遇ですわね、シェルツェ・パウルさん」

背後からの声に、三人はそろって首を向けた。

そこには、タオルを手にした少女の姿があった。

背丈は高めで、年齢は自分たちと同じくらい――しかし、ベリーロングでウェーブが掛かり、しかも一部が縦ロールとなった金色の髪が圧倒的な存在感を放っている。表情は凛々しく、シェルツェとは別の意味で高貴さがあふれている。ただし、タオルに隠れる胸元のボリュームはそれほどでもないらしい。

背後には、取り巻きと思われる数名の少女たちがいる。

金髪の少女は湿った髪を優雅にかき上げた。余裕たっぷりに尋ねる。

「二年ぶりかしら。お元気でございましたか?」

だが、シェルツェは怪訝な表情だった。答えに困っているように首をかしげている。

「あら、私のことをお忘れになって？」

ややあって、シェルツェは口を開いた。

「……！　一体、どこのどなただろうか」

「……私のことを、本当にお忘れになったというのですか⁉」

嚙みつくように応じる金髪の少女。シェルツェはなんともいえない表情で頷く。

「すまない、本当に分からない……どこかで会っているのか？」

「会っているも何も、中等学校の三年で同じクラスでしたわ！」

「私は三年を一期で終えて『アーネンエルベ』に飛び級してしまったからな……」

「自分のライバルを覚えていなくて⁉」

「ライバル……？」

「そう！」

少女は腰を張った。

「私はアンリ・ド・エマニエル・ルクレール。伝統ある騎士の家系、ルクレール家の長女にして、貴方の生涯のライバルですわ？　思い出しまして？」

アンリは数秒ほどあっけにとられていたが、突然、はっとした顔になる。

「思い出した！　確か、『同じ騎士の家系として、どちらが優秀かを証明しなければなりませんわ！』といって私をずっとライバル視していた生徒がいたな」

「そう、それですわ！」

「剣技の授業中に決闘を申し込まれ、六〇秒で沈めてしまった記憶がある……」

「ば、バカにしないでくださる⁉　一分三〇秒は持ちましたわよ！」

必死な顔で反論するアンリ。

「と、ともかく……思い出していただけたのなら幸いですわ」

言葉とは裏腹に、ほっとしたように息をつく。

「あの時は一敗地にまみれましたが、貴方への感情は変わっていませんことよ？」

「それについては了解した……が、私に何用だろうか？」

「偶然顔を見かけましたから、ご挨拶しようと思っただけですわ。役立たずの『ドーラ』のお仲間を含めて」

険しい表情になるシェルツェ。

「……私はともかく、私の仲間を侮辱にすることは許さないぞ。そもそも、どうして私たちが『ドーラ』の所属だと知っている？」

アンリは勝ち誇ったように微笑む。

「当然ですわ。私も栄えあるアーネンエルベ狩竜師学校の新入生ですから。それも『アントン』に次いで優秀とされる、『ベルタ』クラスの首席として。もちろん、貴方との決着を今度こそつけるために受験しましたのよ」

シェルツェは真顔で頷いた。

「そうか。私を追い越したいという一心だけで『ベルタ』の首席となったのなら、それはそれで大したものだ。今後も努力すれば、必ず『アントン』に上がれるだろう」

アンリは明らかに困惑した表情で後ずさった。

「ほ、褒めても何もでませんわよ⁉」

「……？　褒めてなどいないが」

「その偉そうな態度が気に食わないといっておりますの！　二年前からそうなのだから」

シェルツェは硬い声で答えた。

「……気に食わないのはこちらも同じだ。仲間を侮辱したことを謝罪してもらいたい」

「侮辱ではありませんわ。歴然たる事実ですもの」

再び髪をかき上げるアンリ。

「このままでは、『ドーラ』の連中の退学は必至だって、校内で噂が囁かれておりますのよ？　貴方にしても、『リディア』でとんでもない失敗をしでかして、『ドーラ』に落ちぶれたと聞いていますわ。まったく、せっかくアーネンエルベに入学して、貴方を直々に叩きのめしてあげようと思ったのに、興ざめですわ」

シェルツェは黙ったままだった。少なくとも、モンスター恐怖症が原因で「ドーラ」に来たことは噂になっていないらしい――とはいえ、よからぬ噂に変わりはない。

「でも、貴方ほどの人間が、大人しく本当の落ちこぼれと付き合っているなんて、意外ですわ。やっぱり、先日の決闘のせいかしら？　いくら敗北したからといって、あんなゴーレムの出来損ないを扱うような連中となど、切り捨ててしまえばいいのに」

「私が、貴様のいうところの〝ゴーレムの出来損ない〟――パンターという名の戦車に乗るようになったのは、確かにあの決闘に敗北したからだ」

シェルェは声音を変えずに答えた。

「しかし、私は仲間を落ちこぼれとは思わない。誰もが磨き上げるべきものを持っている」

「そうは思えませんわ。特に、貴方を決闘で負かしたトウヤ・クリバヤシなんて、狩竜師としての素養がまるで見受けられないではないですか」

嘲笑を浮かべるアンリ。

「狩竜師は、剣と魔法と錬骸術を扱ってこそなのに、あんなゴーレムの出来損ないに頼ろうとするなんて……情けない」

「トウヤはそのような人物ではない。私を信じ、私に指揮官の役目を預けてくれている」

シェルェは強い口調で答えた。そして、視線を胸元に落とす。

「……私も、トウヤと出会う前は、貴様と同じように、剣と魔法と錬骸術こそが狩竜師の証だと思っていた。それ以外に頼るのはただの外道(げどう)だと。だが、今は違うような気する……狩竜師の役割が、民を守るためにモンスターを戦うことならば、その手段は問われないはずだ。戦車を操る狩竜師があっても、構わないのではないかと……」

「シェルツェ……」

ヨシノの呟き——シェルツェは顔を上げて続けた。

「それに、戦車は五人がひとつになって戦うことが出来る。恐怖や不安を皆で分け合える。砲撃(ほうげき)の威力も直撃さえすれば、対モンスター戦で使用するには十分だ。私の仲間たちなら、きっとそこまで腕を引き上げられる」

アンリは見下すように答えた。

「でも、先日の狩竜ミッションは、それで失敗したのでしょう？　やはり、貴方達のやっていることは、正統(せいとう)な狩竜師がやるべきことではありませんわ。落ちこぼれが落ちこぼれであることを認められないからこそ行う悪あがき、いうなれば子供のお遊びですわ」

ぐっ、と奥歯を噛み締めるシェルツェ。しかし、反論はしない——自分たちが落ちこぼれに相応(ふさわ)しい失敗を繰り返したことも事実なのだ。

アンリは鼻で笑うように顎を上げた。

「まぁ、どのみちあと二週間で退学になるのですから、『ドーラ』で短い青春を謳歌するのもありかもしれませんわね？　私は貴方にはそうなって欲しくないと思いますが——このアーネンエルベで直接叩き潰すことが出来なくなってしまいますもの、だから、早めの決断をお勧めしますわよ」

三度、金色の髪を翻すアンリ。

「では、私たちはこれで。せいぜい頑張ってくださいね、落ちこぼれの『ドーラ』の皆さん」

——しかし、アンリはその場からじっと動かないかった。それどころか、だんだん居心地の悪そうな表情になっていく。

シェルツェが心配そうに声をかけた。

「……どうした？」

「わ、私たちは貴方達と違い、ここに来たばかりなのですわ！　ですが、貴方達がそこにいては……その、入りづらいではありませんか!?」

「我々は気にしないが？」

「私が気にします！　あんな啖呵を切った後に一緒に仲良くお風呂に入るなんて……」

「我々はミッションの疲れを癒すために来ている。残念ながら、貴様の要望には添えない」

「……ッ！　わ、わかりました、では遠慮なく！」

アンリは恥ずかしそうに視線を外すと、シェルツェたちと正反対の位置に向かい、そこで湯船に入った。その後もちらちらとこちらを気にするように見つめている。

「……なんか、変わった子だねぇ……」

サツキが微苦笑を浮かべる。

だが、シェルツェはそれに答えず、じっとどこかを見つめていた。

「ヨシノ、サツキ」

シェルツェは言った。

「私は決めたぞ。今のように侮辱されないよう、私はパンターの車長として次のミッションに挑み、それを成功させる。私が侮辱されるのは構わない。だが、私の大切な仲間たち……特にトウヤが侮辱されるのは、許しがたい。トウヤの歩む道も狩竜師の道だと証明するために、私はトウヤの期待に応えたいと思う」

シェルツェの表情には決然としたものが浮かんでいた。

ヨシノはシェルツェをじっと見つめると、どこかほっとしたように肩を落とした。

「覚悟、決まった感じだね……」

「ああ、決まった。心配をかけてすまなかった」

シェルツェは頷きながら、生真面目な顔で続けた。

「とはいえ、我々に後がないことも確かだ。次回のミッションに必ず成功し、『成果』を示さなければならない。そのためには、まずは総括が必要だ。反省会を開いて、先日のミッションで明らかになった問題点を洗い出し、対策を考えなければならない」

シェルツェの声はいつになく明瞭だった。再び遠くを見つめるような顔になる。

「そういえば、『リディア』にいたころは、定期的に仲間たちと反省会を行って、自分たちを見つめなおしていた……どうして忘れてしまっていたのだろう。『リディア』だろうとここだろうと、やるべきことに変わりはないのに」

「そんなもんだよ、人間なんて」

サツキが達観するように言った。

「でも、シェルツェちゃんが元気になったなら、それでいいんじゃない？」

「……そうだな」

と、どこからか、ガタン！　と何かが倒れる音が生じる。

ヨシノたちははっと振り向き、声を上げた。

「フィーネ!?」

サウナ室の入り口から、フィーネが身体にタオルを巻いた状態で水晶玉とともに転がってきていた。三人は慌ててフィーナに駆け寄る。

「ちょっとフィーネ、大丈夫!?」

息も絶え絶えに、フィーナはヨシノに答えた。

「すみません。少し、のぼせちゃったようで……」

「どうしてそんなになるまで！」

「さすがにあの状況では、顔は出せません……」

アンリとのやり取りのことを言っているらしい。

「……まぁ、とりあえず水を飲んで、横になっておいたほうがいいかな。立てる？」

「は、はい～」

ヨシノの肩に捉まって、ふらふらと立ち上がるフィーネ。その勢いで、タオルがハラリと落ち、胸元があらわになる。

ヨシノは息を呑んだ。サツキも目を丸くする――同じことを考えたらしい。

「ど、どうしたんですかぁ～？」

「いや、その」

「なんというか……」

ヨシノが代表して、所感を口にした。

「やっぱり三人だけじゃなかったんだなって……」

「はい……？」

不思議そうに首をかしげるフィーネだった。

4

夕闇に包まれた緑の樹林を、華麗な騎士装束を纏った一二人の少女たちが進んでいた。

王国最強の狩竜師ギルド「プロイエクト・リディア」、その第二集団の面々だ。

先頭を進むのは、指揮官のクルル・ヴェンクだった。二週間前、エゲルの街でプロト・グレンデルを倒したふたりの狩竜師のうちのひとりだ。

今、クルルは僅かに錬骸結晶の力を解放することで、片手で大剣を保持できるだけの力を自らに与えながら、道なき道を進んでいた。

クルルたちが歩くマトラ森林は、王国北方に広がる、巨大な樹木が生い茂るモンスターの楽園というべき場所で、何種類もの凶暴な大型モンスターの生息が確認されている。地形の隆起も激しく、人が分け入れる道も少ないため、一種の迷宮と化している。

「結局、成果はありませんでしたねぇ……」

第二集団の次席指揮官にして、クルルの右腕であるロッテ・シュタイナーが、がっくりと肩を落としながら呟く。

「プロト・グレンデルを仕留めた後、エゲルの街を発って二週間、マトラ森林を彷徨って、結果がこれとは……これなら、辺境への遠征に出向いたほうがマシだったのではと！」

「ロッテ。そういう発言は、次席指揮官に相応しいとはいえません」

クルルが落ち着き払った声で答えた。

「我々は『プロイェクト・リディア』。学生とはいえ、前線に立つ狩竜師です。民の安全に関わることであれば、任務の内容に不満を述べるべきではありません」

「そもそも、本当に存在するんでしょうか、暴竜種なんて」

ロッテは不信そうに呟いていた。

暴竜種――それは最近になって出現が噂される、新たな竜種のことだった。

とはいえ、その詳細については不明な点が多い。分かっているのは、とにかく他の竜種と比べて危険な存在だということだけだ。

しかし、ある理由により、最近の王国の政府や軍、そして「リディア」をはじめとする有力な狩竜師ギルドは、暴竜種の出現情報に耳をそばだてていた。

ロッテは諦め半分で言った。

「どうせいつものとおり、既存のモンスターの見間違いでしょ。本当に未知のモンスターだったとしても、既存の種の亜種や一代限りの混血ってことが考えられますし」

ロッテの愚痴に、クルルは窘めるように答えた。

「発見報告の真偽はこの際、関係ありません。未知のモンスターならばその生態を確認する必要があるし、それが暴竜種となれば、なおさらその必要があります。我が国では今のところ、暴竜種の存在は確認されていないのですから」

クルルは続けた。

「それに、先日、エゲルの街を襲ったプロト・グレンデル――あの個体は、あきらかに平静を失っていました。今回の件と、何か関係があるかもしれません」

自分とロッテの連携によって一撃で葬り去られたプロト・グレンデル――そして、自分たちが到着する以前に、そのプロト・グレンデルと対峙したという、ゴーレムらしき巨大な物体を操っていた、アーネンエルベ入学前の少年たちのことを思い出す。

ロッテは心が僅かに揺れるのを感じた。マトラ森林に踏み込む直前、彼らのその後の動向を聞いていたからだった。

少年は、自分たちと同じ「プロイェクト・リディア」の騎士装束を纏った生徒と校庭で決闘を行い、勝利したという。

少年が対決した相手は、状況から言って、ひとりしか考えられない。

心中が、より複雑に揺さぶられる——。

「……まぁ、もし暴竜種とやらが姿を現しても、ボクたちなら恐れるに足りないと思いますけどね。なんたってボクたちには、人類の新たな叡智、錬骸術がありますし！」

「………」

「とにかく、手持ちの錬骸結晶がほとんど消耗した以上、仕切り直しですね。ボクは早くスザリに戻って、温泉に浸かりたいです……」

スザリの村はマトラ森林の南端にほど近い、小さな集落だった。名物は温泉で、マトラ森林で活動する狩竜師たちは、この村を拠点とすることが多い。このため、いくつもの狩竜師ギルドが入れ替わりで常駐しており、モンスターも迂闊に手を出さない。

エゲルとスザリは徒歩で半日程度の距離で、その間に村落はひとつもない。

クルルは心中の懸念をひとまず脇に置き、控えめに頷きながら答えた。

「とりあえずスザリに到着したら、ギルドに報告を送りましょう」

ほどなく一行は、スザリの村に到着した。

だが、どういうわけか、村は完全な無人と化していた。一〇〇名以上の村人や、そこに駐留していた狩竜師たちさえ消え去っている。

村が無人と化してから、それほど時間が経っていないらしい。家々には、冷めきっているが腐ってもいない、食べかけの昼食が残されている。

「これは、何が……」

クルルは言葉を失っていた。

何が起こったのかは理解している――間違いなく、モンスターの襲撃を受けたのだ。

しかし、スザリには、多数の狩竜師たちが滞在していたはずで、彼らが何の抵抗も出来ないまま敗れたとは思い難い。

それに、村が無傷のまま、人気が失われていることも大きな謎だった。通常、モンスターの襲撃を受けたというなら、村は徹底的に破壊され、死体の一つや二つは転がっているはずだ。全員が捕食されてしまったとしても、食べかすが多少は残る。それが全くないということは――錬骸術のような、何らかの特殊な能力が行使されたとしか思えない。

何か――何か、異常な出来事が進行しつつあるのは、確かだった。

「団長、これを……！」

部下の一人が村の一角を指さしながら叫んだ。

そこには、いくつもの巨大な足跡が残されていた。間違いなく大型のモンスター――それも、竜種と思われる足跡だ。巨大な尾を地表に引き摺った痕跡も残されている。

子細に見ると、足跡は村のいたるところに残されていた。そして足跡は森の中から村に侵入するように、そして村から森に戻っていったように続いている。

クルルは背筋に冷たいものを感じた。自分たちはおそらく、標的としていた未知のモンスターと行き違いになったのだ。

そしてそのモンスターは、村を破壊することなく、狩竜師たちを無力化し、人々を村から消し去る能力を持っている。

クルルは叫んだ。

「ロッテ、すぐさまギルドに現状を報告、それ以外の者は村の中に生存者がいないかを確認！　錬骸結晶に残された力が少ない以上、追撃は不可能です。日没までにエゲルの街に後退し、態勢を立て直しましょう！」

「り、了解！」

大慌てで駆けだしていくメンバーたち。クルルは改めて無人となった村を見回した。そこには襲撃された村にあるはずの凄惨さはなく、ただ不気味さのみが漂う異様な光景がある。

胸の奥に、暗色の予感が立ち込めていくのを彼女は感じていた。

第四章　暴竜種

1

「未知のモンスターの討伐……？」

翌日、旧校舎の「ドーラ」の教室。ホームルームの時間。

声を上げたのはヨシノだった。他の四人も驚きの表情を浮かべている。

教壇には、昨日と同じく「ドーラ」主任教師、クリス・J・ダニガンが立っている。

どうして、他のクラスと教員を掛け持ちしているクリスが、連日「ドーラ」の教室を訪れたのか——訝しむヨシノたちにそのクリスの発した第一声は「本日、未知のモンスター討伐ミッションへの参加チームの募集が行われます」という言葉だった。

自分たちに再びチャンスを与えるための話に違いなかったが——。

ヨシノが続けて尋ねた。

「未知のモンスターというと……新種ということですか？」

「残念ながら、具体的な情報は下りてきていないわ」

クリスは肩を竦めた。

「今回のミッションは、軍直々のオーダーなのよ。マトラ森林で発見報告があった未知のモンスターの討伐を行うから、その後方支援のための戦力を揃えたいって」

クリスは続けた。

「マトラ森林の全域を数日がかりで探索する、かなり大規模なミッションになる予定よ。狩竜師ギルドのほとんどに参加要請が下りたらしいわ」

森林地帯での狩竜には、通常よりも多数の狩竜師が必要となる。狩竜師たちが視界状態の悪い森林を徒歩で探索しなければならないため、それだけで人手が必要となるからだ。

また、標的以外のモンスターが追い立てられ、付近の村落に出現する可能性も生じる。

一線級の狩竜師たちは当然のように前線に投入されるため、そうした村落の警護には軍の兵力や二線級、三線級の狩竜師たちが充てられることが多い。

その一部として、「アーネンエルベ」の学生狩竜師たちが募集されることは、そう珍しい話ではなかった。

「軍からは、とにかく数が必要だから、生徒の質は問わないと言ってきているわ。実際、付近の村落の保護といっても、狩竜師たちに追い立てられたモンスターが不当に村落を襲うことは滅多にないから、あくまで保険の意味でしかないと思って」

　クリスはそう言って全員を見据えた。

「それで、どうする？　貴方たちにはちょうどいいミッションだと思うけど。安全な後方での任務だから身の危険はほとんどないし、参加すれば、確実に『成果』を稼げるわよ」

　トウヤ以外の全員が、トウヤの表情を窺うように顔を向ける。

　トウヤはしばらく無言で腕を組んだ後、シェルツェに話を振った。

「シェルツェ、お前が決めろ」

「トウヤ」

　シェルツェが何かを確かめるように小さく答えた。しかし、トウヤは動じない。

「昨日も言った通り、パンターの車長はシェルツェだ。つまり、このチームのリーダーはシェルツェだ。シェルツェが決めたことに、オレたちは従うべきだと思う」

　トウヤは続けた。

「それに、シェルツェは元『リディア』の狩竜師だ。モンスター討伐について、オレたちより広い知識を持っている。オレたちが勝手に盛り上がって決めるより、シェルツェに判断を任せた方がいい」

　シェルツェは無言のままだった。何かをじっと考えている。ヨシノたちも、じっとシェルツェの答えを待つ。

「分かった。では、私の考えを口にさせてもらう」

　全員の視線がシェルツェに集まる。

「確かに我々には妥当なミッションだと思う。情けない話だが、現在の我々にとって、モンスターと遭遇する可能性が少なく、かつ、『成果』を確実に稼げるミッションはありがたい――ただ、結論を下す前に、ひとつ、確認しておきたいこともある」

　シェルツェはクリスに顔を向けた。

「単刀直入に伺いたい。今回のミッション、噂の暴竜種と関連があるのではないか？」

　クリスの表情があからさまに曇る――ヨシノが尋ねた。

「暴竜種？　何それ？」

「最近、いくつかの異国で出現したと噂される、未確認の竜種の総称だ。通常の竜種よりも危険度が高い、といわれている。ただ、この噂にしても、『リディア』をはじめとする上級の狩竜師ギルド、それに軍や政府の一部しか伝わっていないと聞く。もちろん、その真偽については大きく疑問視されている」

「じゃあ、本当にいるかどうかはよくわからないってこと？」

「ああ。だが、そうと簡単には片づけられない話もある」

　シェルツェは僅かに瞑目すると、その言葉を口にした。

「竜災期(りゅうさいき)。いくつかの古文書に伝承として記されている、かつて、暴竜種が世界に群れた期間のことだ。数百年の周期で訪れ、幾多(いくた)の人類の文明を滅(ほろ)ぼしたといわれている」

ヨシノとトウヤの視線が自然にフィーネに向く。古文書といえばフィーネだ。

フィーネは若干(じゃっかん)びくつきながら答えた。

「わ、私も、その噂を聞いたことがあります。ある学者によると、聖イシュトバーン王国以前の古代国家のいくつかも、竜災期が原因で滅亡(めつぼう)した可能性があるとか……」

そう答えるフィーネだったが、声音(こわね)はかなり疑わしげだった。

「しかし、これは……」

「そうだ。暴竜種の存在も、竜災期の伝承も、数年前まではただのオカルトでしかなかった。人類滅亡の予言など、現存している古文書に数えきれないほど残されている」

シェルツェは頷いた。

「だが、異国から、暴竜種らしきモンスターの出現を伝える噂が聞こえるようになってからは、話が違ってきた。別の大陸では、暴竜種によって滅ぼされた国もあるらしい。それ以降、政府や軍、そして名のある狩竜師ギルドは、未知のモンスターの出現に敏感(びんかん)になったと聞く」

シェルツェは全員を見回しながら言った。

「もちろん、これらは全て、真偽の定かではない伝聞だ。『リディア』でも、暴竜種の存在は公の話にはなっていなかった――少なくとも、私が在籍していた頃は」

シェルツェは窺うようにクリスを見つめた。

クリスは表情を曇らせたまま、ため息とともに答えた。

「私からは何も言えないわ。暴竜種の噂は私も聞いているけど……今回のミッションに関係があるかはわからない」

「…………」

「どちらにしろ、未知のモンスターの存在を確認することは、狩竜師にとって大事な仕事よ。それに、もし、本当に今回の相手が暴竜種だったとしても、貴方たちがそれに遭遇する可能性はほとんどないわ。その役割は、森林に直接踏み込む狩竜師たちがこなすだろうし。貴方たちは、彼らの盾にさえしてもらえないでしょうね」

ばっさり言ってのけるクリス――とはいえ、今の自分たちでは否定しようがない。

シェルツェはまだ迷っているようだった。無言のまま、机の上を見つめている。

「……やるしかないんじゃない？」

唐突な声――サツキだった。いつものように気楽な表情で続ける。

「相手が何だろうと、このチャンスに乗らなければ、あたしたちは退学になっちゃうわけでしょ？　あたしはそっちのほうがヤだなー」

「しかし、想定外の事態が起こる可能性がないわけではない」

「それは他のミッションでも同じじゃないかな。あたしたち、もうそういうのを気にしていられる段階じゃないし」

　ストレートに現状を要約するサツキ。

「それに、いくら森を追われたモンスターが村落に現れる可能性が少ないっていっても、もしもの場合もあるわけでしょ？　あたしたちが直接戦うことにならなくても、あたしたちが参加することで人員的な余裕が生まれるなら、それはそれで意義のあることだと思う。で、実際に戦闘に巻き込まれず、あたしたちが楽できるなら、それでそれは万々歳じゃん」

「…………」

「あと、軍直々のミッションなら、参加するだけでお駄賃はもらえそうだし……そうなんでしょ、先生？」

「そ、そうね……潤沢ではないけど、多少の報酬は生徒に支払われるはずよ」

「やりぃ！　じゃあ、やるしかないじゃん！　せっかくパンターなんていう便利なモノがあるんだから、あたしたち個人でも、しっかり稼がないと！」

トウヤがサツキに尋ねる。

「サツキって、意外と守銭奴だったんだな……」

「違いますー。普通の女の子を続けるには、お金がかかるってだけですー」

教室に響く、発作的な笑い——トウヤもサツキもヨシノも、そしてフィーネまでもが笑っている。誰もがサツキの言葉に、何かを感じたことは間違いなかった。

「……分かった」

シェルツェは頷いた。瞳には決意が浮かんでいる。

「サツキの言う通りだ。我々に他の選択肢はない。今回のミッション、受領しよう」

「了解したわ」

頷くクリス。

「ミッションの開始は一週間後よ。集合場所までの移動の時間も計算に入れておいて」

「集合場所はどこですか？」

「エゲルの街。発見報告があったのは、マトラ森林の南端のスザリの村の近辺だから、スザリに近いエゲルで探索隊を編成するみたいね……そういえば、トウヤ君とヨシノさんがひと悶着起こしたのと同じ場所ね」

トウヤとヨシノは思わず目を見合わせた。

「あと、トウヤ君とヨシノさん、それにシェルツェさんに関わりがあるかもしれないから、教えておくけど……」

クリスが少しだけ言いにくそうに話を振った。

「今回のミッションには、アーネンエルベの『プロイェクト・リディア』の第二集団も加わっているわ。トウヤ君とヨシノさんがエゲルの街で出会ったのは第二集団の指揮官で……シェルツェさんが所属していたのも、そこのはずよね」

トウヤにとっては初耳の話だった。ヨシノも目を丸くし——シェルツェは、棒を呑みこんだような表情になっている。

クリスが、念を押すように言った。

「くれぐれも、問題を起こさないようにね」

2

エゲルの街のメインストリートは三週間前よりも明らかに活気づいていた。招集に応じた大勢の狩竜師たちが闊歩し、露店の主や行商人たちが呼び込みをかけている。

そんな喧噪を圧するかのように、トウヤたちのパンターはメインストリートを街の中心に向けて進んでいた。当然のように、多くの人々を驚愕させながらの移動となっている。

「へぇ～、ここがエゲルの街かぁ～」

砲塔上に座ったサツキが四方を見渡しながら言った。純粋に楽しそうだ。

砲塔の上には、他にトウヤとシェルツェの姿がある。ヨシノはずっと操縦手席に座りっぱなしで、フィーネは街に入った途端、通信手席に引きこもってしまった。

「あたし、こういう地方の街を訪れるの、嫌いじゃないんだよね～！」

トウヤが何気なく尋ねた。

「そういえばサツキの故郷はどこなんだ？」

「内緒。田舎者って思われるのはイヤだからね。それより、トウヤちゃんたちは三週間前、この街でプロト・グレンデルと戦ったんだよね？」

「ああ。街の人々も目を見張るほどの大活躍だったぞ」

すかさず突っ込むヨシノ。

「何さりげなく嘘ついてるのよ。あんたがやったのは逃げ遅れた人を助けようとして、教会に突っ込んだだけでしょ」

「カピバラに配線をかじられなければ、上手くいっていたんだけどな……」

「へぇ～、ということは、カピちゃんはここでトウヤちゃんのペットになったのか。よかったね、カピちゃん！」

「きゅー！」

サツキの膝上にのっていたカピ太が声をあげる。

「そうだな。同じことを今度やったら、生きたまま丸焼きにして食うつもりだけど」

「きゅ、きゅー⁉」

「でも、こうして見知った街が大勢の狩竜師で活気づいていると、モンスター討伐に来た！　って感じがして、いいな！」

トウヤはカピ太の悲痛な叫びを無視し、メインストリートを見回した。

「どんな仕事が与えられたとしても、悪い気分にはならなそうだな！　遠征の甲斐があるってもんだ」

と、トウヤはシェルツェが、硬い表情でどこかを見つめていることに気付いた。

「シェルツェ、どうした？」

はっとするシェルツェ。言い辛そうに答える。

「……すまない。考え事をしていた」

ヨシノが口を挟む。

「考え事って、やっぱり、暴竜種のこと？」

「それもある」

それだけでヨシノはシェルツェの言わんとするところが分かったようだ。

「……まぁ、複雑な気分よね。以前のチームメイトと会うことになるんだから……」

事前の説明で、クリスが口にした言葉が本当なら、シェルツェの心中は穏やかではないはずだった。原因がシェルツェ本人にあるとはいえ、誰だって、自分が追い出されたチームの面々と顔を合わせたいとは思い難い。

なお、「リディア」第二集団をはじめとするアーネンエルベからの派遣チームの面々については、意思疎通を容易にするために、学校側から名簿を渡されていた。

それによると、三週間前にトウヤとヨシノを助けたのは、「リディア」第二集団指揮官のクルル・ヴェンクと、その次席指揮官のロッテ・シュタイナーらしい。

ふたりは「リディア」でも腕利きとして知られているという。

「何を言われたとしても、あまり気にするなよ」

トウヤがシェルツェに言った。

「少なくとも今は、お前は俺たちのチームの一員なんだから。変にいいところを見せようとすると、またこの前みたいにやらかすぞ」

「ちょっと、トウヤ……」

「いや、トウヤの言う通りだ」

シェルツェは素直に頷いた。

トウヤたちはミッション受領を決めた後、シェルツェが中心となって反省会を行い、それを踏まえた訓練を出発ぎりぎりまで行っていた。おかげで、いくつかも問題に改善が見られている。しかし、本当の実力は、実戦でなければ証明できない。また、シェルツェのモンスター恐怖症についても、克服には程遠い状態が続いている。

しかし、シェルツェの腹は、すでに決まっているようだった。

「我々は運命共同体だ。皆が私の欠点の改善を気にかけてくれるのは嬉しいが、私はなによりもまず、ミッションの成功と全員の無事の帰還を目指したい」

そしてシェルツェは、意志の込められた視線で遠くを見つめた。

「私はもう、大切な仲間の名誉を汚したくはないからな……」

「……？」

「独り言だ。気にするな」

首をかしげるトウヤをよそに、シェルツェはひとり、決意を示すように頷いていた。

エゲル市内の観光でいくらか時間をつぶした後、トウヤたちはパンターとともに広場に到着した。先日のプロト・グレンデルとの戦いの痕跡はほとんど残されておらず、トウヤがパンターを突っ込ませてしまった教会も綺麗に修復されている。

広場は大勢の狩竜師たちでごったがえしていた。剣や斧、槍といった打撃武器を持つ狩竜師が半分、その他――ローブを着た魔法が主な武器の狩竜師や、巨大な盾を装備した防御専門の狩竜師など――が半分。全員がギルドに所属しているらしく、チームごとに固まっている。アーネンエルベから派遣された学生狩竜師のチームの姿も見える。

間もなく今回の狩竜を指揮する軍の高官が現れ、説明を行うことになっている。ミッションの開始予定は明日の早朝で、その間にマトラ森林の南端まで移動し、野営地で明日の朝を待ち、そこからミッション開始、というスケジュールだ。

久方ぶりの声が、横合いから聞こえた。

「あら、久しぶりだねぇ、トウヤ君！」

三週間前に泊まった「竜牙亭」の女将さんだった。食料品を詰め込んだ買い物袋を両手に抱えている――市場で買い出しをした帰りだったらしい。

「女将さん！　こちらこそ！　先日は世話になったな！」

トウヤは元気よく答えた。その声につられて、ヨシノも操縦席から顔を出す。

「あら、ヨシノちゃんも！　ということは、今回のミッションに参加するのかい？」

「はい！　幸い、アーネンエルベで必要な仲間も集められたので！」

「そうかいそうかい！　元気そうでなによりだねぇ」

我が事のように喜んでくれる女将さん。

「戦車なんていう変わったもので狩竜師になるって聞いていたから、苦労しているかもって心配してたんだよ。この街には、先日の一件で、トウヤ君たちに感謝している人も大勢いるから、頑張ってね！　あたしも応援しているから！」

「ありがとうございます！」

「モンスター討伐が終わったら、ウチによって来なさいな。うんとサービスするから！」

女将さんは手を振りながら、旅館のある方向へと去っていった。

サッキがほっとするように言った。

「いい人だったね！　あたしたちを応援してくれる人がいるとは思わなかったよ！」

「そうだな……」

トウヤは頷いた。実際、トウヤもほっとした気分になっている。

と、今度は車体の前方に人の気配——全員がそちらを向き、はっと身体を硬直させる。

そこいたのは、いつかのシェルツェと同じ騎士装束を纏う、一二人の少女たちだった。

先頭には、あのプロト・グレンデル戦でトウヤたちを助けた、ふたりの少女——クルル・ヴェンクとロッテ・シュタイナーの姿がある。

アーネンエルベ最強の学生狩竜師ギルド「プロイェクト・リディア」、その第二集団。

二人の少女たちの瞳には、控えめに言って好意的ではない感情が映し出されている。

サツキが、恐る恐るといった調子で声をかけた。

「あの、何か……」

その言葉がきっかけになったのか、少女たちは堰を切ったように顔を赤くし、激情を発するか寸前の表情となった。特にクルルなど、目に涙を浮かべている。

まさか、ここでやりあうつもりか――そう、誰もが身構えた瞬間――。

「シェルツェお姉さま……！」

クルルは泣きながらシェルツェに駆け寄った。背後にロッテや、他の面々も続く。

「シェルツェお姉さま、お元気だったのですね。いろいろと噂は聞いていましたし、今回のミッションに参加することも伺っていましたが……まさか、本当に再会できるとは。心配していたのですよ、私たち」

「あ、ああ……すまない」

居心地悪そうに答えるシェルツェ。しかし、戸惑っているようでもない――クルルたちの反応を予想していたように見える。

一方のトウヤたちは予想外の展開に唖然としている。

　クルルは続けた。

「シェルツェお姉さまの心中、私たちには察して余りありますが、それでも私たちは、お姉さまがモンスター恐怖症を克服し、『リディア』に帰還するのを、ずっと待っています。今回の狩竜ミッション参加も、そのためのものなのですよね？」

「そ、そうなるな……」

「今回のミッションは、我々が必ず成功させてみせます。お姉さまも、どうか自分を大切にしてください——何事も、命があってのことですから」

　クルルはそう言うと、今度はトウヤ、そしてヨシノに視線を向けた。シェルツェに向けていた表情とは正反対——懐疑と不信がありありと浮かんでいる。

「先日のプロト・グレンデルとの戦いで出会った方々ですよね。顔に見覚えがあります」

　刃のように冷たい口調のクルル。

「貴方たちの噂は聞いています。このゴーレムでお姉さまに勝利したとか……正直、信じられませんが、お姉さまがここにいる以上、事実なのでしょう」

　渋々、といったように頷くクルル。

「ミッション参加の是非は問いません。人手が不足しているのは確かですから。ただ、今回は通常とは異なる展開となる可能性があります。くれぐれも軽挙妄動は慎んでくださ

い」

「クルル」

シェルツェが口を挟んだ。真剣な表情となっている。

「つまりそれは……そういうこと、なのか？」

クルルは表情を陰らせた。

「申し訳ありません、今の私たちの立場では、何も申し上げることが出来ません」

クルルは控えめに頭を下げた。そして再びトウヤたちに振り向く。

「私からは以上です。私の忠告を決して忘れないでください。そして――お姉さまを、どうかよろしくお願いします」

クルルはそう言うと、踵を返して歩き出した。

だが、ロッテはそれを追わず、クルルの代わりにトウヤたちの前に出た。他のメンバーもその場に残る。表情はかなり険しい。

「な、なんだよ……」

「団長はああ言っているけど、ボクらはあんたたちのことを信用していないからな」

トウヤを睨みつけながら、ロッテは続けた。

「団長はあえて口に出さなかったが、オステルリングム丘陵で何をしでかしたか、ボクらは聞いているからな。ミッションの成功を優先するあまり、他の狩竜師たちをそのゴーレムの攻撃の巻き添えにしようとしたとか……さすが『ドーラ』、やることが一味違うな」

自分たちの噂は尾ひれがついて広まっているらしい――思わずサツキが身を乗り出す。

「ちょっと、それは誤解だよ！　あたしたちは……」

「どうせシェルツェお姉さまとの決闘も、卑劣な手を使ったに違いない。こんな連中と付き合うことになったシェルツェお姉さまが可哀想だ」

シェルツェに視線を移し、懇願するように告げる。

「シェルツェお姉さま、どうかご無事で。必ずや、標的は我々が潰してみせます。こんな連中の手を煩わせることにはならないはずです」

ロッテたちはそう言って、仲間たちとともに憤然と踵を返した。

その背中を見送った後シェルツェが真っ先に口を開いた。

「すまない。私のかつての仲間たちが、要らぬことを口にした……謝罪したい」

「別にそれはいいが、なんか、いろいろ複雑だな……」

トウヤが驚きの混ざった声で答えた。

「オレたちがバカにされたり誤解されるのは仕方がないとして、シェルツェだけは例外だったというか……」

「クルルたちは私の身を案じてくれているだけだ。昔からそうだった」

シェルツェが呟いた。全員の視線がシェルツェに向く。

「クルルは私の従妹で、私と同じ騎士の家系だ。子供のころからずっと一緒に狩竜師を目指して鍛錬を続けていた。だから、クルルは今も昔も、私を実の姉のように慕ってくれている」

シェルツェは柔らかに微笑んだ。

「私とクルルはともに飛び級でアーネンエルベに進学し、ともに『リディア』にスカウトされた。クルルは初陣から目を見張るような活躍を見せ、第二集団の指揮官に選ばれた。私とは正反対だが……私も、大切な妹が大いに活躍していることを嬉しく思う」

ヨシノが尋ねた。

「でも、シェルツェを慕っていたのは、クルルだけじゃなかったみたいね」

「第二集団は、私やクルルのようにアーネンエルベに飛び級で進学した生徒たちが中心だ。おかげでチームとしての結束も強い。皆、私のことをいまだに大切な仲間と思ってくれている」

シェルツェは全員に顔を向けた。

「すべては私が原因だな。彼女たちの……特にロッテの言葉は気にしなくていい」

「そういうわけにもいかないぜ。少なくとも、クルルって奴の忠告は正論だったからな」

トウヤは頷いた。

「多分、これがオレたちの最後のチャンスだ。気を引き締めていこうぜ」

3

翌日、マトラ森林での狩竜討伐ミッションは、予定通り開始された。

ミッションに参加する狩竜師の多くは、森林の近辺の野営地で夜を明かした後、夜明け前からマトラ森林に入り、標的の探索を開始している。

軍からの説明によると、標的のモンスターは陸棲で、マトラ森林の南端のどこかに潜伏している可能性が高く、このため狩竜師のチームを森林の南端の両翼から進ませ、挟撃のかたちで標的を追い詰めようとしていた。

なお、クルルたち「プロイエクト・リディア」の第二集団は、西側から進撃する組の中心に位置していた。事実上の主力の扱いだ。

トウヤたちに与えられた任務は、マトラ森林の東側に設置された野営地の警備だった。東側から進撃する組の発起点のひとつであり、つまりは最も敵に遭遇しそうにない場所だった。一応、付近の村落に繋がる場所ではあるが、重要度はかなり低い。

「とはいえ、作戦内容は手堅く、投入されている兵力も十分。表面上は何の心配もない、か……」

パンターの車上で、シェルツェが軍から手渡された作戦の手引書を見つめながら呟いた。

パンターが停車しているのは、野営地の入り口だった。目の前には多数の巨木に支配された薄暗い森林と、その中に辛うじて形を保っている細い林道があり、背後には出立した狩竜師たちが残していったテントや天幕が、森林内に自然に形成された小さな平地に残されている。

トウヤたちのパンターのほかには、何人かの軍の兵士と、「アーネンエルベ」から参加した学生狩竜師たちの姿があった。後者はパンターについての噂を聞いているのか、パンターからかなり距離を取り、同じように警戒に当たっている。態度もあからさまに非好意的だ。

すでにミッションが開始されているため、トウヤたちは車内の配置についている。

「少なくとも、軍は今回の狩竜　シェルツェに、生半可な覚悟で挑んでいるわけではないようだな」

サツキが混ぜっ返した。

「シェルツェちゃんの口ぶりだと、どこか不安があるみたいに聞こえるけど」

「もちろん、不安要素はある。特に、今回の標的である未知のモンスターが、暴竜種である可能性は、やはり無視できない」

シェルツェは落ち着いた口ぶりだった。

「だが、我々に何ができるというものでもない。日没まで、注意力を途切れさせることなく警戒を続けよう」

「お、シェルツェちゃん、車長としての風格が出てきた感じだね！　さすが！」

「私がモンスター恐怖症でなければ、それを素直に誇れるところなのだがな……」

嘆息するシェルツェ。その言葉に、サツキとトウヤが失笑を堪える。自身の欠点を冗談のネタに扱えるほどに冷静なシェルツェに安心を覚えたのだった。

「……余裕があるなら、例の試験、今のうちにやっておかない？」

ヨシノが思い出したように提案した。

「今しかチャンスはなさそうだし……シェルツェ？」

「そうだな。フィーネ、いけそうか？」

「は、はい！　実は今まで、ずっとイメージトレーニングしていました……！」

フィーネが答えた。エゲルの街に到着して以降、基本的に通信手席に引きこもったままだったが、今は素の態度となっている。

「分かった。トウヤもそれで問題ないか?」

「問題ない。昨晩のうちに整備はしておいた。あとはフィーネがどこまでやれるかだ」

「よし。フィーネ、やるぞ。これが出来るか出来ないかで、パンターの近接戦闘能力は大きく左右される」

「は、はい、頑張ります……!」

シェルツェは大きく息を吸い込むと、凛とした声で叫んだ。

「フィーネ、ヴィンケルレイドの角度を向かって右九〇度に旋回!」

「り、了解です!」

そう言うとフィーネはパンターの砲身に取り付けられた大剣をじっと見つめた。聖剣ヴィンケルレイド——シェルツェの愛剣にして、パンターの近接兵装のひとつだ。フィーネの両手は膝上に抱え込まれた水晶玉に添えられている。

やがて、青白く光り始める水晶玉。

「ぐ……えいっ!」

フィーネの掛け声とともに、砲身にヴィンケルレイドを固定していたネジのいくつかが勢いよく回転して緩んだ。その後、巨大な大剣である聖剣ヴィンケルレイドそのものが右に九〇度回転——つまり、刃の向きが右向きとなり地面と水平となる。

「すごい！　本当に角度を変えられた！」

サツキの歓声。フィーネも感極まった声で応じる。

「やった！　私、やったんですよね！」

ヨシノが慌てて叫ぶ。

「フィーネ！　喜ぶより先に固定！　このままだと、また元の位置に戻っちゃう！」

「そ、そうでした！」

ネジが再び高速で回転——ヴィンケルレイドを現在位置に再び固定する。

「はぁ……なんとか、なったみたいですね……」

大きな息を吐き出しながらフィーネは呟いた。

「よくやったフィーネ！　さすがだな！」

シェルツェが喜びをあらわにして言った。トウヤも後を受ける。

「そうだぜフィーネ！　これでパンターで、斬撃が可能になる！」

「はい！　お役に立てそうで、よかったです……」

ほっとしたように答えるフィーネ。しかし、額には汗が浮かび、かなりの体力を消耗しているのが分かる。

パンターの砲身に取り付けられたヴィンケルレイドの角度をいかに変更し、斬撃も可能にするか――その難題に答えを出したのが、フィーネが水晶玉で発動可能な念動力を利用する、というシェルツェの発案だった。

発端は先日の反省会だった。その開始時で、フィーネが資料を水晶玉で空中に浮かべて回転させているのを見たシェルツェが、同じように念動力でパンターの砲身のヴィンケルレイドを回転できないかと思いついたのだった。

トウヤはシェルツェの意見に妥当性を感じ、砲身のヴィンケルレイドを固定している機材にいくらかの改良を施すことでそれを可能とした。

本当なら遠征前に試験を行っておきたかったが、準備に時間をとられ、トウヤが機材の改良を行えたのは昨晩のことだった。

とはいえ、結果的に試験は成功。シェルツェの目論見は図に当たったといえる。

ただ、問題もいくつか残されている。ひとつはフィーネの体力に限りがあるため、姿勢の頻繁な変更は難しいことだ。そして、もうひとつは――。

「んー、やっぱり大剣を横にすると、照準が狂っちゃうな……」

サツキが照準器を覗き込みながら呟いた。トウヤが応じる。

「やっぱりそうなるか」

「うん。砲身の重心が変わっちゃうから」

現在のパンターでは、ヴィンケルレイドが地面に対して垂直の状態で照準が行えるよう調整されている。このため、ヴィンケルレイドの姿勢が変われればば、通常の照準が難しくなることが事前に予想されていた。

「かといって、大剣を横に倒したままで調整しても、重心の関係で照準が安定しないだろうから……やっぱり、射撃時には基本の姿勢に戻さないとダメっぽいかな」

シェルツェは声を落とした。

「そうか……つまり、近接戦闘で射撃と斬撃を併用する場合は、適宜、ヴィンケルレイドの姿勢転換が必要になるということか。これはなかなか難しい問題だな……」

「すみません、私の体力がもっとあれば……」

申し訳なさそうなフィーネの声。シェルツェは首を振った。

「謝ることはない。すべては私次第だからな。これまでのようにただ怖気づいているだけでは、近接戦闘も何もあったものでない」

ある程度の訓練は行っているものの、ヴィンケルレイドを用いた近接戦闘を、シェルツェは実戦で一度も仕掛けることが出来ていない。近接戦闘を行うのなら、それまでシェルツェ自身が平静を保っている必要がある。

とはいえ、シェルツェの表情には安堵があった。車長である自分のアイデアが、ようやくかたちになり、パンターの戦力向上につながったのだ。

「よし、とりあえずの課題も解決されたことだ。今後は全員で周囲の警戒に当たる」

シェルツェは気を引き締めるように告げた。

「フィーネは休息。他の三人は即応態勢を維持。周囲の索敵は車上に身体を出している私が行う――それでいいか？」

シェルツェは念を押すように尋ねた。やはり、先日のミッションが応えているらしい。

「お前のことは全員でフォローしてやるって言ってるだろ？　安心しろ。ただ、車長として出来る限りのことはやってもらうぜ？」

トウヤは答えた。他の三人も、同意するようにシェルツェに視線を向ける。

シェルツェは心からの感謝を表すように微笑んだ。

「ありがとう。その言葉、信じさせてもらう」

4

状況は、誰もが予想しない流れで、静かに、しかし着実に急転していった。

「あれか」

巨木に囲まれた濃密な緑の森林に、張り詰めた声が生じた。

声の主は、狩竜師ギルド「バンディッド」から派遣されたチームのリーダー。軽装のプレートメイルを身に纏い、右手には大剣──典型的な、剣撃を主体とした狩竜師の姿だ。

彼に指揮された「バンディッド」のチームは、東からの索敵網の一角を担っている。

指揮官の視界では、これまで見たことのない陸竜種と思われるモンスターが、巨木の間隙をゆっくりと歩行している。ただし、こちらに気づいた様子はない。

「なんだ、あいつは……陸竜種の突然変異か？　なんだってあんなに……」

「どうします、仕掛けます？」

部下の一人が意気込むように尋ねた。

「今なら、奇襲が出来そうですが」

「……そうだな」

陸竜種や翼竜種──いわゆるドラゴンと呼ばれる種族は、人間よりもはるかに優れた嗅覚を持っている。このため、会敵段階で、臨戦態勢を取っているのが普通だ。

しかし、目の前のモンスターは、こちらに気づいた素振りさえ見せない。

「どちらにしろ、急ぐべきでしょう」

別の部下が急かすように言った。

「ぐずぐずしていると、他の連中の横やりを受けるかもしれない」

今回のミッションでは、参加者全員がひとつのチームとみなされているため、通常は禁止されている戦果の横取りが許容されている。どうやら軍には、そうした非常手段をもってしても、標的を確実に打倒したいらしい。

戦闘が長引けば、戦闘で生じる音響——狩竜師たちの用語では「戦場音楽」——を聞きつけ、他の狩竜師たちが駆けつけてしまう。それを避けるためには、短期決戦がベストだ。

「そうだな……総員、錬骸結晶を全解放」

リーダーの命令とともに、狩竜師たちの身体からいくつもの色の光が零れはじめた。

そして、数秒と経たず、針葉樹林に再び静寂が訪れた。

5

木々の隙間から差し込む西日により、野営地は微かなオレンジ色に染まっていた。

ミッション開始から六時間が経過していたが、トウヤたちのパンターが警戒を続ける野営地に異変は生じていなかった。

あと一時間ほどで日が落ちる。そうなれば、ミッションは明日の夜明けまで一旦休止となる。マトラ森林に侵入した狩竜師たちも、日没前後に帰還する予定となっている。

「ひ、暇すぎる……」

サツキが照準手席の身体を背もたれにだらりとさせながら呟いた。

「いくら安全な後方だからって、こんなに何も起こらないなんて……ううう、トランプでも持ってくればよかった……」

「トランプなど持ってきても、ミッション中に遊ぶことはできないぞ？」

シェルツェが窘めるように答えた。さすがというべきか、表情は早朝と変わりない。姿勢も、ハッチから身を乗り出したままだ。

「マトラ森林の奥深くには、凶暴なモンスターがひしめいていると聞く。ひとりでも注意を怠れば、それが最悪の結果を招くことになるかもしれない」

「それはそうだけどさー！」

「だとしても、ちょっと静かすぎない？」

ヨシノが不審そうに呟いていた。

「標的が狩竜師と接触していたら、戦闘に突入しているはずでしょ？　ほとんどの狩竜師が錬骸結晶を装備しているから、戦場音楽はかなり大きくなる。モンスターだって、咆哮のひとつもあげるはず」

ヨシノは操縦桿に両手を添えたまま、背後を振り返った。

「それが聞こえないということは、どのチームも会敵していないか、それとも……」

「戦場音楽を奏でる暇もなく、狩竜師たちがやられているか」

シェルツェが後を受け、苦笑しながら続けた。

「自分で口にしておいてなんだが、さすがにそれはないだろう。何十名もの狩竜師を、音もなく無力化できるモンスターなど聞いたことがない。たとえモンスターの正体が噂の暴竜種だったとしても、それほどの力があるとは考えづらい」

と、フィーネの張り詰めた声が聞こえた。

「すみません、皆さん。ひとつ、報告したいことが」

「……どうした？」

シェルツェが即座に応じた。フィーネの声の質から、何かを感じ取っている。

フィーネは言い辛そうに——しかし、これまでになく明瞭な発音で続けた。

「何か……巨大な何かの足音が、こちらに近づいています」

「足音？　私には何も聞こえないが？」

「水晶玉で聞き取りました。森林の中を移動しているので、普通の人には聞き取りづらいはずです」

「……フィーネは、体力を温存しておけと伝えたはずだが」

「すみません。でも、ヨシノさんと同じことが気になって、つい……」

シェルツェは一瞬だけ表情を硬くしたが、それについては何も口にしなかった。

「続けてくれ、フィーネ」

「あと数分で私たちの目の前に現れるはずです。四本の足で歩行中。大きさは――おそらく十数メートル。目の前の林道に向けて、西の方角から接近しています」

車内の空気が一瞬にして張り詰める。西の方角――狩竜師たちの探索方向だ。

「総員、戦闘準備」

シェルツェがこわばった声で答えた。ただし、本人は上半身を車外に出したままだ。

「四本足で十数メートルのサイズ――マトラ森林には多数の大型モンスターが生息している。それだけの情報では判別できない。だが、少なくとも、こちらに敵意を持っている――すぐに仕掛けてくるに違いない」

誰も答えない。他の全員が、視察溝、あるいは照準器で外界を見つめている。

――やがて、遠雷の響きにも似た微かな重低音が、トウヤたちの耳にも聞こえ始めた。

やがてペースを早め、あっという間に大型モンスターの足音らしき音響となる。

フィーネの絶叫。

「あと、数十メートル――来ます！」

次の瞬間だった――木々を粉砕する音とともに、目の前の林道に、大型のモンスターが姿を現したのは。

「……ッ！」

全員が身体を凝固させたまま息を呑む――目の前の巨大なモンスターは、それだけの衝撃を伴う異様を持っていたからだ。

胴体のシルエットは陸竜種に近い。翼はないが、竜種の特徴である鋭い鉤爪や逞しい手足、全身を覆う強靭な鱗がその名残となっている。大きさも、エゲルの街で遭遇したプロト・グレンデルと同程度だ。

だが、頭部だけは、他の竜種、いや、他のいかなるモンスターとも、全く異なっていた。

なぜならば、その巨大なモンスターの頭部は九つあり――それぞれが意思を持っているかのような動きを見せていたから。瞳は蛇のように黄色い。

「何なの、あれ……」

パンターの車内で、サツキが震える声で呟いていた。

「どう見ても、普通のモンスターじゃない！　あんな〝九つ首〟、見たことも聞いたこともない！」

　次の瞬間、目の前のモンスター――〝九つ首〟は、唯一車外に身体を出していたシェルツェにだけ視線を合わせると、猛然と突進を開始した。

「……ッ！」

　シェルツェは反射的にハッチを閉めながら車長席に腰を下ろした。少なくとも以前よりはましな反応――だが、顔面からは血の気が失せ、呼吸は不規則となっている――初めて目撃するモンスターの威容に、思考がパニックの一歩手前になっている。

　トウヤが叫んだ。

「シェルツェ、指揮を執れ！　早く！」

「し、指揮……？」

「大丈夫だ、お前なら出来る、今度こそ！」

〝九つ首〟の足音が、次第に大きくなっていく――。

「分かっている！　だが、あんな相手……！」

「お前は車長だ！　オレたちはお前の判断を信じる――お前がモンスターの前ではどんなに怖がりで泣き虫でも、それでも、お前が一番、その椅子にふさわしい力を持っているんだ！」

「……！」

「あいつはモンスターだ！　だったら、お前の知識が役に立たないはずがない！　オレたちはお前の判断を信じる！　だから、お前もオレたちを信じて命令してくれ！」

トウヤはシェルツェの瞳をじっと見つめた。サツキも同じようにシェルツェを見つめ、フィーネとヨシノもシェルツェに視線だけを向ける。

トウヤたちの視線を受け、シェルツェは少しずつ落ち着きを取り戻していく。

シェルツェは呼吸を整えると、きっと歯を食いしばり、叫ぶように命じた。

「砲戦開始！　弾種徹甲！　相手は竜種だ。おそらく榴弾では表皮を貫けない――徹甲弾で胴体を狙え！」

「了解！」

トウヤはすぐさま徹甲弾を装塡した。サツキも叫ぶ。

「了解！　でも、教えてほしいことがいくつかあるかも！」

「遠慮なく尋ねろ！」

応じるシェルツェ――先の反省会で、サツキの射撃の命中率の低さ、つまりは照準の不正確さが問題としてあがったとき、サツキの照準に必要な計算をサツキ以外が行い、これを補佐する案が出たのだった。パンターは五人乗りなのだから、サツキだけが複雑な照準計算を行わなければならない理由はない。照準に必要な時間の短縮にもつながる。

はずだ！」

「じゃあシェルツェちゃん、あのバケモノの横幅は!?」

「目測で約五メートル！　似たような大きさのプロト・グレンデルがそうだから、正しいはずだ！」

「ええと、二〇シュトリヒを一〇〇〇で掛けて、それを五で割ると……」

「二五〇だ！」

「……！　ありがと！　これで距離が分かった——砲撃、いけるよ！」

明るい声で報告するサツキ——初めて自信の持てる照準を行えたらしい。

シェルツェはすぐに叫んだ。

「よし！　目標、九つ首のドラゴン！　射撃開始！」

サツキはトリガーを踏み込んだ。

次の瞬間、パンターに巨大な振動と轟音が襲い掛かり——同時にパンターの砲身から徹甲弾が吐き出され、オレンジ色の曳光を引きながら〝九つ首〟に突き進む。

徹甲弾は〝九つ首〟の胴体に吸い込まれるように命中した。直撃と同時に、いかにも強固な鱗が派手に粉砕され、続いて大量の肉片が飛び散る。

一瞬後、〝九つ首〟の胴体の下腹部に閃光が走り——命中箇所が爆発とともに吹き飛んだ。下腹部が柘榴のようにひび割れ、そこから大量の血液が流れ出る——致命傷を受けたことは確実だった。合計九つの口元からも苦しげに血の泡が噴き出している。

「やった、当たった！」

掠れた声で歓声をあげるサツキ。

「初めて、命中した……！」

「よし！　サツキ、よくやった！」

続いて声を上げるトウヤ――さすがに喜びを隠せないらしい。

だが、〝九つ首〟はまだ戦意を失っていなかった。残された最後の力を振り絞るように、全ての血まみれの口をかっと開いてパンターに迫る。

フィーネの悲鳴。

「……！　まだ息がある……このままじゃ！」

シェルツェは即座に叫んだ。

「ヨシノ前進！　フィーネ、ヴィンケルレイドの刃を右に！　サツキ、砲塔を左に！」

誰もがはっとした表情に――シェルツェが何をしようとしているのか分かったからだ。

「大丈夫だ、今の私ならいけるはず……頼む！」

「了解！」

三人の応答――すぐさまパンターは前進を開始。同時にフィーネの念動力でヴィンケルレイドの刃が右を向き、砲塔が旋回して砲身が左に向く。

目前に急速に迫る〝九つ首〟──シェルツェは命じた。

「ヨシノ！　標的の右を駆けろ！　このまま切り裂く！」

「了解！　このぉぉぉお！」

接近する両者──〝九つ首〟のあぎとがパンターに迫るが、パンターはこれをギリギリのタイミングで回避、右に駆け抜けながら、右の前肢にヴィンケルレイドの切先を叩き付けた。

激突の巨大な衝撃──が生じると思いきや、ヴィンケルレイドは熱したナイフでバターを切るかのごとく、〝九つ首〟の右の前肢を横に切り裂いた。噴き出る大量の鮮血と咆哮──だが、パンターは立ち止まることなく突進を継続、続けて右の後肢も切り裂き、尾部を通り抜けてからU字を描いて反転した。

二本の足を切断された〝九つ首〟は転倒──そこで胴体の動きを止めた。しばらくは九つの首と尻尾だけが震えながら上下していたが、その動きもやがて止まる。

残されたのは静寂──そして、初めてのヴィンケルレイドによる近接戦闘を成功させた、パンターの快調なエンジン音だった。

しばらく、パンターの車内に、五人の荒い息だけが響き渡る。

ヨシノが、自分でも信じかねるように呟いた。

「終わった……？」

クルルたち「プロイェクト・リディア」第二集団をはじめとする、西側を担当する狩竜師たちが姿を現したのは、その直後だった。

6

「つまり、これを貴方たちが……？」

クルルが絶句するように呟いた。目の前には、トウヤたちが撃破した〝九つ首〟の残骸と、トウヤたちの操るパンターがある。

クルルの言葉は、他の「リディア」の面々の抱いた疑問でもあるようだった。特にロッテなど、信じかねるように〝九つ首〟の遺体と、その鮮血で赤く染まったパンターを見比べている。

「まぁ、そうなるかな……」

クルルに事情の説明を求められていたトウヤが、何とも言えない表情で応じた。

クルルたちが到着してから——つまり、トウヤたちのパンターが九つ首のドラゴンを撃破してから、まだ一〇分も経過していない。周囲には鼻孔を刺激する火薬の香りと、〝九つ首〟の肉が砲撃の直撃で生じた炎で焼ける、実に美味そうな――匂いが漂っている。

トウヤの説明を聞き終えたクルルは、「そうですか……」と呟き、それきり何かを考えるように黙り込んだ。

少なくとも、目の前の光景にかなりの衝撃を受けているのは確かだった。

なにしろ、今回のミッションの結果として出現したのが、既存の竜種とは似ても似つかない九つ首のドラゴンで……しかもそれを、ただのゴーレムであるはずのトウヤたちのパンターが偶然にも仕留めてしまったのだ。トウヤたちが落ちこぼれの「ドーラ」の生徒であることを考えれば、さらに常識を外れた結果となる。

さらにいえば、〝九つ首〟は、どういうわけか、安全なはずの野営地に出現したのだ。

クルルはトウヤの顔をじっと見つめ全ての感情を呑みこむように息を吐き出した。

「事情はわかりました。戦闘の痕跡と、軍の兵士たちの証言を考えると、貴方が嘘を言っているわけではないことはわかります」

「そう言ってもらえるとありがたい」

アーネンエルベが求める「成果」には、公的な証明が必要なのだ。目に見える結果まで疑われてはたまらない。

「それで、シェルツェお姉さまは？」

「今はパンターの車内で休ませている。オレの仲間が傍にいるから、大丈夫だと思う」

「……わかりました」

クルルは何かを察するように頷き、続けた。

「とりあえず状況の検分が必要です。貴方たちにはしばらくの間、ここに留まってもらいます」

「わかった……ああ、オレたちから聞きたいこともあるんだが、いいか？」

「私が答えられることであれば」

「他の狩竜師は無事なのか？」

トウヤは小声で尋ねた。

「オレたちが曲がりなりにも臨戦態勢になっていたのは、他の狩竜師たちの様子が気になっていたからだ。あまりに静かすぎるって……」

クルルはしばらく沈黙した後、言葉を選ぶように答えた。

「……少なくとも、西側から進んだ狩竜師たちは、私たちを含め、全員が帰還しています。私たちは西から東に森の南端を横断してきたのです。東側の狩竜師たちの帰還はまだですが……現在、安否を確認中です」

「………」

「……私たちからも、ひとつ質問が」

クルルは尋ねた。トウヤは頷くことで先を促した。

「あの〝九つ首〟は、何か特別な力を発揮することはなかったのですか？」

「特別な力？」

「例えば……物理的な攻撃を行うことなく相手を無力化する、といったような」

「特にはなかった。オレたちには、首を使った打撃を試みようとしただけだった」

「……そうですか」

クルルはそれだけを言うと、ありがとうございます、と小声で答え、トウヤに背を向けて仲間たちのもとへ向かった。

トウヤはパンターの車内に戻り、全員にクルルから聞いた話を伝えた。

「状況検分の必要があるから、しばらくはここにいろって」

「まぁ、当然の判断よね。ここまで大事になっちゃうと……」

ヨシノが諦め半分で答えた。

「時間がかかるかもしれないけど、付き合うしかなさそうだし……」

ヨシノの言葉に応じる者はいなかった。激戦を経験したことで、誰もが疲れ果てているのだった。いつもなら騒がしいサツキも、ぐったりと体重を背もたれに預けている。

トウヤもそれを自覚していた。本来なら、戦闘を無事に切り抜けたことや、パンターでモンスターを撃破したことを素直に喜んでもいいはずなのだ。

つまり、そこに考えが至らないくらい、あるいは、考えが至ってもそれを口に出来ないくらい、自分たちは心身を消耗している――なにしろ、この世でパンターを最も愛している自分がそうなっているのだ。

だからこそ、トウヤはシェルツェに尋ねた。

「シェルツェ、大丈夫か？」

「ああ……」

先の戦闘から時間が経過したからか、いくらか落ち着きを取り戻したシェルツェが答えた。

「少なくとも、身体は自由に動く。精神状態も……大丈夫だと思う」

「そうか……なら、よかった」

胸をなで下ろすトウヤ。シェルツェはそれを見て、辛そうな表情で呟き始めた。

「……先ほどはすまなかった」

〝九つ首〟との会敵直後のことを言っているらしい。

「やはり、私は……」

「それは違うと思うぞ」

トウヤは首を振った。トウヤらしい、前向きな笑顔を浮かべる。

「少なくとも、モンスター恐怖症の身でも、パンターの車長としてモンスターと戦って、生き残ることは出来たんだ。お前にとっては間違いなく進歩じゃないか」

「トウヤ……」

「やっぱり、お前を車長にしてよかった」

シェルツェはトウヤの言葉にしばし言葉を失うと、救われたように微笑んだ。

「……ありがとう。では、その言葉、そのまま受け取っておこう」

しばらくの間、パンターの車内は静寂に包まれた。疲労のあまり、誰も喋りたがらない。

それを打ち破ったのは、フィーネの叫びだった。

「ああ、やっぱり！」

「どうした、フィーネ？」

トウヤが思わず尋ねた。シェルツェたちも、ふたりの会話に耳を傾ける。

フィーネは意気込むように続けた。

「先ほど私たちが倒したモンスター、どこかで見たことがあるような気がしていたんです。

なので、古文書を今まで調べていて……」

どうやらフィーネは、いつの間にか通信手席に、自分の古文書を持ち込んでいたらしい。

「そしたら案の定、該当する記述があったんです！」

「なんだって？」

「名前はヒュドラ。黙示戦争のはるか以前──いまだ大地に神々がいなかった時代に生きていたといわれている、伝説のモンスターです。外見は、巨大な胴体と九つの首を持っているのが特徴だったそうです」

「なにそれ、そのまんまじゃん……！」

サツキが納得いかないように言った。

「じゃあ、あたしたちが倒したモンスターは、暴竜種ではなく、伝説のヒュドラだったってこと？　それとも、ヒュドラと暴竜種がイコールだってこと？」

「そこまでは……ただ、伝説上のヒュドラは、毒の霧を吐いたり、九つ首のうち中央の首が不死身で、これを潰さない限り何度でも再生したりする特性を持っていたそうで……」

「さっきの敵は、毒の霧を吐かなかったし、パンターの砲撃と斬撃を食らって死んでいるから、それとは違うね……」

「はい。でも、本当に伝説のモンスターを、私たちが仕留めたとしたら……それって、かなり凄いことになりますよね？」

フィーネの控えめな喜びの表現に、車内の空気がさらに緩んだものとなる。シェルツェでさえ、ほっと息を吐き出すほどだった。

だが、フィーネはその先を口にすることはできなかった。クルルがロッテを伴い、こちらに向かってくることが分かったからだ。

トウヤが後部ハッチを開けて対応した。

「どうした？」

「今すぐここから撤退します。貴方達も急いで準備を――事情は後程説明します」

クルルの顔面からは、一切の余裕が失われていた――トウヤは思わず尋ね返す。

「撤退？　今回の標的のモンスターは、オレたちが倒したんじゃ……」

「あれは幼体だったのです！　今、残骸を調査したところ、身体に陸竜種の幼体と共通した特徴がいくつも見当たりました――つまり、他に何匹かの幼体、あるいは成体が森林のどこかに存在している可能性が高いのです。東側から探索に向かった狩竜師たちとの連絡も途絶しています」

「なんだって……!?」

「それに、攻撃の手段があまりに直接的すぎる――何十人という狩竜師を無力化したり、村ひとつ分の住民を消し去るような力ではなかったはずです！」

「村ひとつ……？　そんなことが、どこかで……⁉」

しまった、という顔になるクルル。だが、すぐに厳しい表情に戻り、訴えを続ける。

「とにかく、急いでください！　もうすぐ日が暮れます。そうなれば、撤退さえも――」

「お、おい……！」

誰かの切迫した声――誰もがそちらに振り向き、言葉を失う。

全員の視線の先では、野営地を取り囲む樹木を次々になぎ倒しながら、新たに二匹の九つ首のドラゴンが林道に姿を現しつつあった。

大きさは、先ほどの個体よりも三割増しほど。頭部の形状もいくらか変化しており、より鋭角的な――成熟したシルエットとなっている。また、額の中心に切り込みのようなものがある。瞳の色は先の個体と同じ黄色だ。

新たな二匹の〝九つ首〟は林道で停止したまま、敵意をむき出しにした視線で、野営地に集まっている何十人もの狩竜師たちとパンターを見つめていた。

ロッテが表情を強張らせながらクルルに呟く。

「どうして、このタイミングで……！」

「おそらく、幼体を囮、あるいは斥候に使っていたのでしょう。だから、後から出てきた

——森林内で狩竜師たちをだまし討ちし、各個撃破してきた」

「そんな、竜種にはそれほどの知能は……！」

突然、巨大な咆哮——二匹の〝九つ首〟が同時に全ての口から雄叫びを放ったのだ。

クルルもそれに重ねるように命じる。

「『リディア』総員、錬骸結晶を解放！　攻撃を開始してください！」

クルルの叫びに応じ、「リディア」の一二人が錬骸結晶の能力を解放する。それが契機となって、他の狩竜師たちも錬骸結晶を開放し、臨戦態勢に移行する。

だが、二匹の九つ首のドラゴンは、雄叫びをあげた後も、じっと狩竜師たちを見つめているだけだった。先ほどの個体と違い、自分から襲い掛かろうとはしない。

「この、バケモノがぁぁぁぁ！」

能力解放を終えた狩竜師たちが、次々に突撃を開始する。

それに反応するように、二匹のモンスターの合計一八個の頭部が、不意に狩竜師たちに向けられた。同時に、額の切り込みが開かれ——第三の瞳らしきものが姿を現す。

「そんなんで、驚くものか！」

構わずに突撃を継続する狩竜師たち。だが——。

「何……!?」

先頭の何十人もの狩竜師たちが驚愕の声とともに足を止める。何故なら――。

「オレの身体が……!?」

足元から上に向けて急速に灰色に染まっていく――いや、石となって固まっていく狩竜師たち。そのまま、次の言葉を発する間もなく、全身すべてが石となってしまう。クルル、ロッテは無事だが、他の半数以上の「リディア」の狩竜師たちがそれに巻き込まれる。犠牲者の中には、アーネンエルベの他のクラスの生徒たちも多数含まれている。

「見られただけで石化する能力、ですって…!?」

あまりのことに、クルルでさえ言葉を失う。

目の前の二匹の〝九つ首〟は、依然として様子をうかがうようにこちらを見つめている。

第三の目は見開かれたままで――次の得物を探すように首を動かしている。

「ぐ、ああああああ!」

響き渡る絶叫――再び一〇名以上の狩竜師の石化が始まってしまう。

「そんな、ボクまで……!?」

「ロッテ!?」

クルルの悲鳴――クルルの目の前にいたロッテまで、足元から石化しつつあった。ロッテの絶望に染まった表情がクルルに向けられる。

ロッテの救いを求める手がクルルに伸ばされる。

「だ、団長……！　助け――」

「ロッテ！」

クルルはロッテの手を摑む――だが、ロッテは全てを言い終わらないまま全身が灰色に染まった。

「ぐ……おのれ……！」

クルルは歯を食いしばりながらロッテから手を放し、手近な木陰に身を隠した。他の狩竜師たちもそれに倣う。

これで〝九つ首〟の視線からは逃れたことになる――しかし、その代償として、健在な狩竜師の全員の動きが封じられてしまった。

「リディア」の生き残りは三名に過ぎなかった。そのうちのひとりがクルルに叫ぶ。

「今すぐ逃げるべきです！　このままでは……！」

「ダメです！　今の恐慌状態で撤退に移れば、全員が散り散りになって烏合の衆になります！　追撃を受けた場合、逃げ切れません！」

「ですが、このままでは！」

「相手はスザルの村の住民を全滅させています！　私たちが戦力の大部分を失えば、あれ

Monster File 02
暴竜種（推定）
“九つ首”（仮称）
危険度 S～（調査中）
マトラ森林で遭遇した正体不明の竜種（推定）。石化能力を持つことが確認されたが、その能力の原理および他の能力は一切不明。一刻も早い調査・解析が待たれる。

がエゲルの街に向かった場合、迎撃が困難になる——エゲルの住民を守るためにも、可能な限り戦力を維持したまま逃れなければ！」

と、二匹の〝九つ首〟の一八の頭部が再び咆哮を放った。大気が鳴動し、木々が共振する。

石化した狩竜師に、オレンジ色の輝きが生じたのはその時だった。輝きはそのままゆっくりと二匹の〝九つ首〟に向かい、全身に吸い込まれている。

「あの輝きは……まさか!?」

だが、クルルはそれ以上、言葉を続けられなかった——二匹の〝九つ首〟が、雄叫びとともに前進を開始したのだ。付近の樹木を薙ぎ払いながら、野営地に足を踏み入れようとする——生き残りの狩竜師たちを叩くつもりに違いなかった。

状況の急変は、パンターの車内でも確認されていた。

トウヤたちの視界の先には、急速にこちらに近づきつつある二匹の九つ首のドラゴンの姿がある。クルルの叫びから、ロッテのような「リディア」第二集団の主力でさえ石化されたこと、クルルが現状での撤退を躊躇っていることも把握している。

「まずい……！　このままでは全員殺られる……！」

声を上げたのはシェルツェだった。今度は無意識のうちに、目の前のスコープで二匹のモンスターを凝視し続けている。

シェルツェは叫んだ。

「トウヤ、弾種榴弾！　サツキ、奴らの足元を狙え！　ここで本気で戦えば、石化した連中を巻き込むことになる！　とりあえずは全員の撤退を支援する！」

「でも、射撃を放てば、今度はあたしたちが石化の標的に――」

一瞬言葉に詰まるサツキだったが、すぐにシェルツェの意図を察して叫ぶ。

「了解！　打てぇっ！」

パンターは榴弾による射撃を放った。数秒のうちに二匹の足元に着弾、榴弾が炸裂する。同時に炎と黒煙が盛大に噴き上がり、二匹の全身を瞬く間に包み込む。

ヨシノがはっとするように叫ぶ。

「そうか、煙幕による目くらまし……！」

敵に見られることで石化が生じるなら、その視界を奪えばいい――トウヤとの決闘で有効だった戦術を、シェルツェがパンターで応用したのだった。

二匹のモンスターはあからさまに混乱していた。慌てて第三の瞳を閉じ、咆哮をあげながら後退していく。

「あのゴーレムがやったのか……!?」

生き残りの狩竜師たちにも混乱が広がる——何が起こったのかを正確に把握しているのは、パンターの噂を聞いていた「リディア」のメンバーだけだ。

「今のが、パンターの射撃……！」

「今すぐ後退してください！」

狩竜師たちの頭の中に響き渡るフィーネの声。水晶玉を通じて、直接語り掛けている。

「今なら、敵の視界は遮られています！　敵も目視の捕捉が難しいはずです！」

狩竜師のひとりが声を荒らげる。

「逃げるだと⁉　仲間を石にされて、敵に背を向けろというのか⁉」

「お願いです！　ここは退いてください！」

「『リディア』総員、撤退しましょう！」

クルルが同調するように叫んだ。

「今、後退すれば、全員が奴の視野から逃れられます！　錬骸結晶を惜しまないで！　石化した仲間が手近にいれば、それを抱えていってください！　急いで！」

クルルの命令に従い、撤退を開始する「リディア」の生き残り。他の狩竜師たちもその勢いに呑まれて、石化した仲間を抱きかかえるように回収しつつ後退していく。

パンターは再び榴弾で射撃、撤退の援護を継続する。

クルルはパンターを追い越しながら叫んだ。

「シェルツェお姉さまも、早く！」

「分かっている！　ヨシノ、後退だ！　全速力で野営地から離脱しろ！」

「了解！」

パンターはその場で超信地旋回を行って姿勢を反転させた。ただし、砲身と砲塔正面は二匹を指向したまま――サツキの操作によるものだ。

パンターは最大出力で前進を開始――だが、その直後、噴煙の中から一匹の九つ首のドラゴンが姿を現し、パンターへと突進を仕掛ける。

一斉にパンターに伸びる九つの頭部。ゆっくりと見開かれる第三の瞳。

「まずい……トウヤ！」

トウヤはシェルツェが全てを言い終える前に徹甲弾を装填していた。現状で榴弾による煙幕を形成しても、突撃ですり抜けられるだけと判断したのだった。

続いて砲声――サツキの照準でパンターから放たれた徹甲弾が、真一文字に先頭の個体に突き進む。

だが、先頭の個体は全ての視線を徹甲弾に送ると、右にステップを踏むことでこれを回避した。

「そんな、戦車の射撃を回避するなんて……！」

信じられないものを見たかのように声を上げるサツキ。

「マスケットの射撃より、圧倒的に速いはずなのに……！」

他の四人には聞きなれない単語――だが、それに意識を向ける余裕はなかった。

〝九つ首〟は突撃を再開していた。もちろん、第三の目ははっきりと見開かれている。

「まずい、見られている……！」

シェルツェの悲痛な叫び。実際、この瞬間に砲塔内の三人は、自分たちの砲撃が回避されたという精神的な衝撃の中、九つ首のドラゴンの第三の瞳が、はっきりとパンターを視界に捉えていることを確認していた。

だが、パンターには何の変化も起こらなかった。車内のトウヤたちも同様だった。

数十秒後、パンターは村の家屋に身を隠しながら進むことで、二匹の視界から脱した。

パンターの速力から、すぐには追い付けないことを察したのか、二匹もそれ以上の追撃は行わず――最後に巨大な咆哮を放つにとどまった。


野営地を離脱した後も、パンターは速力を緩めずに林道を進んでいた。山道はまともに整地されていないため、路面の凹凸のせいで車体が派手に揺さぶられる。

パンターの砲塔内には愕然とした空気があった。シェルツェも、トウヤも、自分たちに何が起こったのか、そして、何が起きなかったかを考え――衝撃を覚えている。

「ああ、やっぱり……！」

フィーネの驚きの声――誰も反応しなかったが、フィーネは構わず続けた。

「今、ヒュドラについて説明していた古文書を見直したのですが……今の二匹と同じ能力を持つ伝説のモンスターが、同時期に生きていたという記述がありました！」

興奮を抑えかねるように伝えるフィーネ。

「バジリスクです！　バジリスクは、自分が目視した生物を石に変える能力を持った、いわゆる〝邪眼持ち〟のドラゴンとして知られていて……」

「……そいつも、そうなのか」

「はい！　それでですね……」

「生物を石に変える、か。だから……か」

トウヤは合点がいったように呟いていた。フィーネが首をかしげて尋ねる。

「あ、あの……だからって、何がですか……？」

トウヤはシェルツェとサツキに目線を向けると、確認するように言った。

「オレたちは確かに、あのモンスターの視界に捉えられていた。にもかかわらず、パンターもオレたちも石化しなかった。つまり、それは……」

「我々のパンターは、奴らの石化能力の影響を受けない、ということだ」

再び沈黙が広がる——それが意味するところは、あまりに大きいように思える。

ヨシノが強張った声で言った。

「でも、私たちにこれ以上、何ができるっていうの？　相手はパンターの砲撃を回避するような奴なのよ。さすがに砲撃が当たらないと、私たちも戦いようがないんじゃ……」

トウヤは左に振り向き、サツキに尋ねた。

「サツキ、何か手はないか？」

「ええ、あたしにそれを聞くの……!?」

「サツキは主砲の謎を解いたからな。こういうときに頼れるのはサツキだと思って」

「頼れるって……主砲については、それに近いものを触ったことがあるってだけだよ！　あんなバケモノに有効な手段なんて、そう簡単に思いつかないって！」

「そうか……」

トウヤは残念そうに声を落とした。しかしすぐに思案顔になる。

「あいつを倒すには、榴弾では威力が不足する。かといって、徹甲弾では回避されてそれで終わり……避けようのない近距離まで近づいて、徹甲弾を叩き込むくらいしかないか？

でも、その一撃だけに全てを賭けるのは、あまりに後がなさすぎだな。ヴィンケルレイドの斬撃や刺突だけに頼るってのも辛いものがあるし……」

珍しく、難しい表情になるトウヤ。

「せめて、あいつの動きを一時的にでも止められればな。錬骸術なら、素材の組み合わせ次第で、そういうことが出来るかもしれないが……」

「錬骸術……？」

シェルツェとサツキが同時に声をあげた。どちらも、何かに気づいたように高めの声だ。

トウヤはふたりを見ながら尋ねた。

「何か、思いついたのか、ふたりとも？」

「あ、いや、そういうわけじゃ……！」

慌てて手を振るサツキ——だが、シェルツェは頷いていた。

「ああ。思いついた——多分、サツキも同じことを考えたのだと思う」

「ちょっと、どうしてそんなことが分かるのよっ！」

「直感だ。私が思うに、サツキは我々の知らない何かを、これまで見てきているはずだからな」

「そんな、いい加減な……」

「違うというならば、何を思ったのか口にしてみてくれ」

じっとサツキを見つめるシェルツェ。

サツキは迷うように黙り込むと、自分の足元を見つめ——そして、ぽつりと言った。

「そうだね、もう、四の五の言っている状況じゃないよね……」

サツキはそう言うと、覚悟を決めたように言った。

「ひとつだけ、試せることがあるかもしれない……」

第五章　クラッシュ・オブ・モンスターズ

1

　エゲルの街は混乱の中にあった。突然に全市民の避難が命じられたのだから当然だ。しかも、布告がなされたのは日が落ちた後で、街の人々の多くが夕餉を終えたあたりだった。

「一体、なんだってんだい！」

　宿屋「竜牙亭」の女将さんが不満そうに声をあげた。店のカウンターから、慌ただしく帳簿を取り出している。

「理由を知らせないまま、街から避難しろだなんて……」

「口よりも手を動かしてくださいよ、女将さん」

　避難の準備を手伝っていた従業員のひとりが困ったように言った。

「避難先には日が変わる前に到着していろって話なんですから。この調子だと、ぎりぎりになっちまいます！」

　指定された避難先は、街のはずれの古城だった。現在は使われておらず、全ての市民を収容可能だった。

「わかってるよ！　あ、その作業が終わったら、今度はありったけの食料を運び出して！　調理器具も忘れないようにね！」

「そんなものも持って行くんですか⁉」

「炊き出しに必要になるかもしれないでしょ！　長丁場になるかもしれないんだから！」

「へ、へい！」

女将さんは従業員の答えを聞くと、作業の手を止め、どこか遠く見つめた。

「そうはならないよね……ふたりとも」

そういって再び作業に戻ろうとしたとき、玄関前から怪物の鼻息のような音が聞こえた。

巨大な鋼鉄の塊、パンターの姿がそこにあった。車上にはトウヤと昨日の広場で見かけた、連れの茶髪の女の子がいる。

「トウヤ君……！　無事だったんだね⁉」

トウヤは車上から地面に飛び降りると、店のドアを開けながら叫んだ。

「悪い、女将さん！　いきなりなんだが、頼みたいことがある！」

「頼みってなんだい？　こんな時に……」

遅れてサツキが入ってきた。トウマはサツキに頷いて見せる。

サツキは女将さんと視線を合わせ、いつになく真剣な表情で言った。

「頂きたいものが、あるんです」

2

「あのゴーレムのようなものが、〝九つ首〟の石化の影響を受けなかった⁉」

狩竜師のひとりが声を荒らげた。今回の狩竜ミッションに参加した名のある狩竜師ギルド「アスガルド」の指揮官だった。軍からの要請で、生き残りの狩竜師たちのまとめ役となっている。顔には疲労の色が濃い。

場所はエゲルの街の市役所の待合室。狩竜師たちは二匹の〝九つ首〟から離脱した後、徒歩でエゲルの街に辿り着き、ここに収容された。一時間ほど前のことだ。

「本当なのか、それは」

「事実です――少なくとも、石化云々については」

クルルが言った。左右には「リディア」の生き残りが控えている。

クルルたちに、狩竜師たちの視線が集う。

――二匹の〝九つ首〟がエゲルに向かうことは、ほぼ確実とされていた。後衛を任された軍の騎兵が、マトラ森林から二匹が姿を現し、南下を始めたことを確認しているのだっ

た。このままでは、早朝までにエゲルに到着してしまう。アクインクムからの軍の兵力の増援は間に合わない
　このため、今回の狩竜を統括していた軍の司令官は、エゲル市長と協議し、住民の避難を決定、生き残りの狩竜師に二匹の〝九つ首〟の迎撃を命じた。

　クルルの言葉は、その会議の途中で放たれたものだった。

　ただし、パンターの乗り手であるシェルツェたちの姿はない。他の学生狩竜師の生き残りも、別の場所で待機を命じられている。

　クルルは続けた。

「先の戦闘の最終段階で、そちらのいう〝ゴーレムのようなもの〟――パンターという名の機械人形が、我々の後退を支援したのはご存じのはずです」

「その時、パンターは確かに二匹の視界に捉えられたそうですが、その後も、パンターに石化の影響は見られず、今に至っています」

「パンターが機械人形だから、パンターも、中の人間も石化しなかったと？」

「可能性はありえます」

「………」

「もちろん、別の可能性もありえます。例えば、あの〝九つ首〟は、パンターに人間が乗

っているとは判断しなかったから、あえて石化させなかったのかもしれません。しかし、これはパンターの乗組員が車外に出なければクリアできる問題です」

クルルの言葉によどみはなかった。

「また、古文書によると、〝九つ首〟は、伝説の九つ首の竜『ヒュドラ』と、石化能力を持つ『バジリスク』のハイブリッドのような存在と思われます。また、『バジリスク』の石化能力は、人間にのみ適用されたという記述があります。傍証にはなりえるかと」

「つまり、パンターなら〝九つ首〟と正面切って戦えるといいたいのか」

「はい。少なくとも、現在の作戦案にこだわる必要はなくなります」

二匹の〝九つ首〟と戦うにあたり、軍は狩竜師はエゲル市内の建造物を遮蔽物とし、集団で攻撃を仕掛けるつもりだった。それならば有効に戦えるだろう、という考えだ。

作戦が実行された場合、間違いなくエゲルの街は戦場となり、甚大な被害が出ることが予想されたが——あの二匹の脅威を考えれば、許容の範疇と思われた。

「パンターが石化の影響を受けないのなら、市街地の外で敵を迎え撃つことも可能になります。例えば、パンターで敵の注意を引き付け、その隙に攻撃を行う、などです」

クルルは続けた。

「とにかく、我々だけで二匹の〝九つ首〟と対峙するのはあまりに危険です。相手は〝九つ首〟、全方位に〝第三の瞳〟を向けられます。隙を作り出すには、工夫が必要です」

「その作戦の参加について、機械人形――パンターの乗組員は承諾しているのか」

「いいえ、説得はこれからです。ですが――」

「ダメだ。受け入れられない」

「アスガルド」の指揮官は断ち切るように答えた。

「パンターが石化の影響を受けない、という説に確実性が見えない。〝九つ首〟に、単純に人間以外を石化させるつもりがなかったのかもしれない。不確実な推測に基づいて作戦を立案するわけにもいかない」

「ですが……！」

「パンターの戦力にも疑問がある。彼らはアーネンエルベの『ドーラ』クラスの生徒なのだろう？　噂によりと、連中は初心者向けの狩場であるオステルリングム丘陵でまともな狩竜ができなかったほどの落ちこぼれだと聞いている。信用できない」

「先ほどの後衛戦闘では、彼らのおかげで私たちは助かったのですよ⁉」

「ビギナーズラックという言葉もある。それに、いささか手遅れでもある」

「どういうことですか？」

「軍はすでに、君たち『リディア』を除くすべての学生狩竜師をミッションから除外することを決めた。同じように戦力価値に疑問があることと、未来の狩竜師の卵たちをここで失うわけにはいかない、という理由からだ」

すでに軍からの命令が出ていた――もはや、自分たちが口を出せる話はない。

「アスガルド」指揮官はため息をつくように言った。

「我々は一刻も早くあの二匹を打倒しなければならない。でなければ、石化したものたちの生命に関わる」

〝九つ首〟が人間を石化させるプロセスはまったくの謎だったが、その目的についてはひとつだけ推論が立っている。

二匹の〝九つ首〟から狩竜師たちが撤退する直前、石化した人間から、生命力らしき輝きが〝九つ首〟に向けて吸われていく光景が確認されていたからだ。つまりあの〝九つ首〟の生体は、石化した人間から生命力を奪い、生存の糧としていると推測される。

この推論に立てば、スザリの村の人々が姿を消したことも説明がつく。あの二匹はスザリの村の人々を石化し、どこかに持ち去ることで貯蔵用の糧としたのだ。

石化した人々の行方は不明だ。マトラ森林のどこかに集められていると考えられるが、たとえ人々を発見したとしても、今のところは石化を解除する方法が分からない。おそらく、〝九つ首〟を撃破すれば、解除されると思われるが、それも推測の域を出ない――しかし、仲間を救うためには、その可能性に賭けるほかない。

「オレとしても、これ以上犠牲は出したくない。お前たちのような子供ならなおさらだ。パンターの乗組員たちに、他の学生狩竜師たちと一緒に、夜明け前にここを去るように伝えろ。教習の時間は終わったと」

「アスガルド」指揮官はその場の全員を見回し――はっきりと言った。

「あとは、我々の仕事だ」

3

「そうか……」

シェルツェは微かに沈んだ声で言った。

「軍は、私たちにミッションからの除外を通達したか……」

「申し訳ありません、お姉さま」

クルルが沈痛な面持ちで答えた。

場所は、エゲルの街の広場の中心にある教会の中だった。エゲルに帰還した後、シェルツェたちは一時的にここに待機しているよう、軍に命令されたのだった。もちろん、本職の狩竜師たちや、学生狩竜師の生き残りとは、隔離された状態にある。

おそらく、誰もがパンターをどう扱っていいのか分からなかったがゆえの指示だろう。

パンターは教会の脇に置かれ、トウヤとヨシノが足回りの整備を行っている。

「一応、お姉さまたちを戦力として数えるよう、皆に訴えはしたのですが……」

クルルの申し訳なさそうな言葉に、シェルツェは頷いた。

「それについては仕方がなかろう。我々はアーネンエルベの落ちこぼれ、『ドーラ』の生徒だ。以前の失態の噂も広まっている。無条件で信用されるはずがない」

「…………」

「私も、現状で戦いを続けられるかどうか、確信が持てない。クルルが、我々を正当に評価してくれただけでもありがたいと思っている」

「……こちらこそ、お力になれず、すみません」

クルルはシェルツェに小さく頭を下げた。

「では、私はこれで――市役所では、作戦会議が続いていますので」

「ああ。また会えるのを楽しみにしている」

シェルツェは微笑んだ。そんなシェルツェを、クルルはじっと見つめている。

「……どうした、クルル？」

「……いえ、お姉さまが本当に立ち直りつつあることが分かったので、安心しただけです。

『ドーラ』のクラスメイトとして、パンターに乗っていると聞いたときには、本当に心配しましたが……どうやら、それは杞憂だったようですね」

「……もし、そう見えるのなら、それは仲間たちのおかげだろう」

シェルツェは本心からの言葉で答えた。

「もちろん、その中には貴様たち、『リディア』の仲間たちも含まれている。貴様たちが私の帰りを待ってくれなければ、私はとうの昔に剣を捨てて、ここにはいなかっただろう」

「そう言って頂けるのであれば……ありがたいです」

クルルはもう一度頭を下げると、居住まいをただし、シェルツェに真摯な視線で言った。

「あの〝九つ首〟は、私たちが必ず――ロッテや、石化した他の仲間たちを救うためにも」

クルルが教会から去った後、シェルツェの前にトウヤたち四人が集まった。

ヨシノが尋ねた。

「どうだった……？」

「軍は我々にミッションからの除外を命じた。これ以上、戦闘は参加できない」

シェルツェは続けた。

「我々は市民の避難先の古城で夜を明かし、夜明け前にアクインクムへの帰還を開始しろ、とのことだ。夜間の移動は危険だし、夜が明ければ〝九つ首〟が到来するからな」

シェルツェの声は仄暗かった。

「ただ、このまま無事に帰還すれば、我々は学校側に十分に今月の『成果』を稼いだと判断されるだろう。なにしろ、暴竜種と思われる未知のモンスター一匹を撃破したのだ」

僅かな沈黙の後、ヨシノが感情を込めない声で言った。

「常識的に考えれば、悪くない選択肢、かもね……」

「そうかもしれない」

「反対に、従わなかった場合は？」

「間違いなく、何らかの責任を負わされる。最悪、退学になるかもしれない」

「でも、私たちが抜ければ、もしかすると……」

言いよどむフィーネ。

先の戦いで、パンターは〝九つ首〟の石化の影響を受けなかったのだ。

その自分たちが、逃げ出していいのか。そうなった場合、生き残りの狩竜師たちはどうなるのか。「竜牙亭」の女将さんたちのような、街の人々はどうなるのか。

「……だからこそ、答えを出す前に、確かめておきたいことがある——サツキ？」

シェルツェはサツキを見つめた。

サツキはしばらく黙ったままだったが、やがて、踏ん切りをつけるように一歩を踏み出し、皆の前で口を開いた。

「——最初に言っておくと、あたしも絶対の自信があって、これを提案するわけじゃないから。そのことを忘れないで」

言葉とは裏腹に、サツキの声には淀みがなかった。

「結論から言っちゃうと、私が提案するのは錬骸術を使ったパンターの砲弾——いうなら錬骸弾。あの〝九つ首〟に打撃を与えるには、これと徹甲弾の併用しかない気がする」

サツキは続けた。

「通常、錬骸術は錬骸素材を調合して反応を引き起こすことをいうんだけど、触媒を利用した調合の方法によっては、強い衝撃や熱量を与えることで反応を引き出すこともできる。これを応用して、パンターの砲弾の中の火薬を取り出し、代わりに錬骸素材を入れて、着弾と同時に反応するようにすれば……」

「目標に、錬骸術による反応を、そのまま叩き付けることができる……？」

フィーネが確認するように尋ねた。サツキは頷く。

「そういうこと。今、トウヤのお爺ちゃんの遺したノートを参考に榴弾を分解していたんだけど、どうにかなると思う。一応、調合式は暗記しているし……」

「だから、アレが必要になったのね……」

サツキが納得するように、教会の壁際に置かれた大きな布袋を見つめた。

布袋の中身は、エゲルの街に帰還した直後、「竜牙亭」に訪れた際にサツキが、女将さんと交渉し、譲ってもらうことになったアイス・グレンデルの牙だった。

エゲルの街への撤退途上で、サツキとシェルツェが思いついた錬骸術を用いた切り札を生み出すには、まずもって錬骸素材が必要という話になり——トウヤとヨシノが、「竜牙亭」の看板にアイス・グレンデルの牙が飾ってあることを思い出したのだった。ヴィラ・グレンデルと同じく、アイス・グレンデルの主要な錬骸素材は牙に含まれている。

なお、店の看板にもなっているアイス・グレンデルの牙の譲渡について、「竜牙亭」の女将さんは理由こそ深く問わなかったものの、快く了解してくれた。さらには避難準備で忙しい中、全員分の夕食の弁当まで用意してくれるというサービスぶりだった。

トウヤたちは全員で女将さんに感謝の言葉を口にするとともに、騒ぎが収まったら必ず「竜牙亭」に顔を出すことを約束し、その場を後にしたのだった。

「うん。アイス・グレンデルは、氷の属性の攻撃を行う。だから、その牙には、冷凍系の反応を引き出す錬骸素材が詰まっている」

サツキは頷いた。

「触媒も、『竜牙亭』のおばちゃんからもらった細々とした錬骸物質から調合できる。だから、榴弾の何発かを改造すれば冷凍魔法と同じ効果を発揮する砲弾を作り出せると思う」

「思う……ってことは、いまいち自信がないわけね」

ヨシノが苦笑した。

「実際に作って、撃ってみないと、本当の効果は分からないと……」

「まぁ、あたしの知識だと、そういうことになっちゃうかなぁ……」

達観するように答えるサツキ。だが、トウヤは感心するように声をあげた。

「いや、オレは凄い知識だと思うし、凄いアイデアだとも思うぞ！　さすがはサツキ！」

サツキは恥ずかしそうに手を振った。

「べ、別に大したことじゃないよ～。錬骸弾のアイデアにしても、シェルツェちゃんも同じタイミングで思いついたんだし……」

「いや、私だけではどうにもならなかった」

シェルツェは首を振った。

「錬骸術については、私もいくつかの基本的な調合式を知っているだけだ。ただ、サツキが口にしたような特殊な調合の方法があったことも小耳にはさんでいた」

シェルツェはサツキに向き直った。

「貴重な情報と提案をくれたサツキに、私からも感謝したい。私が思うに、サツキにとってはなかなか言い出し辛い話だったはずだ」

「まぁ、ここまで来ちゃうと、さすがにね……」

仕方がないよね、というように頷くサツキ。

「でも、そのあたりを察してくれるのは、ありがたいかな……」

「ただ、手元にある錬骸素材は、アイス・グレンデルの牙だけなんですよね……」

フィーネが残念そうに呟いた。

「もっといろいろな錬骸素材があれば、いろいろな効果が生み出せるのでしょうが……」

「それはいずれの話だ。今はとりあえず、アイス・グレンデルの牙が手に入っただけでもよしとすべきだろう——軍に掛け合っても、話さえ聞いてもらえないに違いない」

宥めるように応じるシェルツェ。

サツキが付け足した。

「あ、あと、牙一本がまるまる手に入ったといっても、採取できる錬骸素材の量は少ないから、作り出せる錬骸弾は一〇発くらいだと思うから、贅沢な使い方は出来ないからね」

「体当たりに徹甲弾と榴弾による砲撃、大剣を用いた近接戦闘、それに錬骸弾……」

トウマが指を折り数えた。

「パンターの戦術が固まってきたって感じだな！　しかも、錬骸弾は、錬骸素材によって効果が違ってくるときた！　まだまだ、パンターは強くなれるな！」

シェルツェは苦笑しながら応じた。

「嬉しそうだな、トウヤは」

「当たり前だ。オレはこいつの真価を発揮させることが生きる目標のひとつだからな！」

ガッツポーズをとるトウヤ。表情が生き生きしている。

トウヤの笑顔のおかげか、その場の空気が少し緩んだ。複雑な表情のままだったサツキも、どうにか苦笑らしきものを浮かべられるようになっている。

シェルツェがタイミングを見計らっていたように切り出した。

「では、全員の意見を聞きたい――我々が、これから何をするべきかを」

全員の顔を見回す――誰もが再び表情を引き締める。

「我々のパンターが、〝九つ首〟への切り札に成り得るのは、皆が知っての通りだ。パンターの乗組員としてはまだまだ未熟な我々だが、マトラ森林での戦いぶりを再演できれば、そして、新たな攻撃手段の錬骸弾を活用すれば、勝機はあるといえるかもしれない」

シェルツェは俯きながら目を細めた。

「しかし、そうはならないかもしれない。マトラ森林での戦いは、ただの僥倖だったかもしれない。それに、軍の命令に従わないわけだから、勝利したとしても大きなペナルティを受ける可能性が高い。最悪、退学を命じられるかもしれない――それでも、我々は戦いを続けるべきか」

シェルツェは再び全員に向き直った。

「全会一致で決めよう。ひとりでもアクインクムへの帰還を望めば、全員がそれに従う。全員の生死が掛かった問題だ――チームの意思統一を欠いたまま、戦いに赴きたくはない」

しばらくの間、沈黙がその場を支配する。

「正直、ここでやめても、誰も私たちを責めはしないと思う」

最初に口を開いたのは、ヨシノだった。

「けど、私たちが逃げたせいで、街の人々が……『竜牙亭』の女将さんみたいな人が、あの二匹に石にされちゃうのは、やっぱりイヤかな……」

「わ、私も、同じ気持ちです……！」

フィーネは意気込むように言った。

「やるなら、最後までやり遂げるべきです！　最善を尽くせば、必ず事態は好転すると、戦車精霊のオットー・カリウスも言っています！」

サツキが後を受ける。

「あたしも……まぁ、そう思うかな。というか、あたしがここでイヤだって言ったら、台無しでしょ」

三人の意見に頷いた後、シェルツェは尋ねた。

「トウヤは……どう思う？」

トウヤは苦笑しながら答えた。

「オレか？　オレはただの戦車バカだからな。戦車でモンスターと戦えるなら、それが本望になっちまう。だから、あまり参考にしない方がいいぞ」

シェルツェはむすっとした顔になった。

「その言い方は卑怯だ。私たちに決断を任せると言っているようなものだ」

「そういうシェルツェはどうなんだ？」

「私は……」

シェルツェは口ごもった。内心では、ずっと迷いを抱えていたのかもしれない。

自分の気持ちを確かめるように、シェルツェはおもむろに続けた。

「……私は、騎士の家系に連なるものとして、無辜の民を守りたいと思っている。それだけは、何があっても揺るがしてはならないと思っている」

言葉を止めるシェルツェ。トウヤたちは無言でシェルツェの次の言葉を待つ。

「だが、もう一度、車長としてパンターの指揮が出来るかどうかといえば、正直、自信がない。私はおそらく、モンスター恐怖症をいまだ克服できていない――予想外の展開になったとき、自分がどうなるのか、全く予想がつかない……」

「一度はできたことが、二度できないはずがない。少なくともパンターに乗っている限り、お前はしっかり、車長として振る舞えるはずだ」

トウヤは勇気づけるように言った。

「オレたちだって、これまでと同じようにお前をフォローする。大丈夫だ、きっとやれる」

トウヤだけでなく、ヨシノとサツキ、フィーネの計四人の視線が、シェルツェに集う。

シェルツェは僅かに沈黙すると、何かを噛み締めるように頷いた。

「……分かった。その言葉、信じよう」

「じゃあ、つまりは……」

フィーネが嬉しそうに両手を合わせた。シェルツェは頷く。

「我々がまずなすべきことは、移動と作戦会議だ。古城に避難するふりをしてエゲルの街を出て、その後にエゲルの街に戻って身を隠し――そこで策を練り、全員で榴弾を錬骸弾に改造する作業を行う。一致団結して作業に当たれば、夜明けまでに何時間かの仮眠が取れるかもしれない」

サツキが控えめに手を上げた。

「あ、あのさ、もうひとつ、提案があるんだけど……」

「なんだ、言ってみろ」

「さすがにそろそろ夕食にしない？　もう、お腹がペコペコだよ……『竜牙亭』のおばちゃんにもらったお弁当もあるんだしさ～！」

そういえば、マトラ森林からの撤退以降、全員が何も口に入れていない。

「それもそうだな……では、パンターで移動しながら食事することにしよう」

「ええ……！　食事の時くらい、ゆっくりしたい……」

「それくらい我慢しろ。車長である私の命令だぞ」

「うう、やっぱりシェルツェちゃん、車長が板についてきている……」

情けない声で呟くサツキ。全員に笑顔が浮かぶ。

シェルツェは恥ずかしそうに咳払いしながら言った。

「では、移動開始だ。とりあえず軍からの指示通り、日が変わる前に一度は街から姿を消すべきだ。安全を期すためにも、他の学生狩竜師たちにもパンターを見せておくべきかもしれない――我々の意図が露見すれば、拘束されても文句は言えない」

シェルツェのその言葉が合図となって、五人は教会の玄関に向けて歩き出した。

と、その最後尾にいたトウヤに対し、シェルツェが歩みを遅くしながら近づいた。表情には、先ほどとはまた違った不安が浮かんでいる。

トウヤは尋ねた。

「シェルツェ、どうかしたのか？」

シェルツェは迷うように視線を逸らした。しばらくして、思い切って話を始める。

「トウヤ、正直なことを言っていいか？」

「どんなことだ？」

「実をいうと、私はまだ、『リディア』への復帰の夢を捨てきれていない……」

シェルツェは小声で、申し訳なさそうに呟いた。

「ここまで追い込まれた以上、貴様たちとは運命共同体であることは分かっている。私も明日は精一杯頑張るつもりだ。貴様たちとパンターに乗ることで、狩竜師の証が剣と魔法と錬軀術だけないことも分かっている。だが、モンスター恐怖症を克服した後も、貴様と一緒に機甲狩竜師を目指すかどうかというのは別の問題になる……」

「簡単に夢は捨てられない、か」

「そんな私を、トウヤはどう思う？　恩を仇で返すような奴だと、軽蔑するか……？」

不義理な疑問だとは分かっているが、聞かずにはいられなかった――そんな表情だ。

トウヤは明るく笑った。

「そんなこと、ありえないに決まっているだろ。オレはオレ、お前はお前だ。お前の進む道は、お前が決めればいい。じいちゃんだって、パンターに乗っていた頃は、いろいろな事情で乗組員が入れ替わったって言っていたしな」

「いや、そういう問題では……」

「そういう問題だ。もちろん、オレはこの五人でずっといければいいと思っているけど、強制は出来ないしな。出会いも別れも素直に受け入れるのが筋ってもんだろ」

トウヤはシェルツェの不安を宿す瞳をまっすぐに見つめた。

「ただ、今のお前は間違いなく、オレの大切な仲間だ。オレは仲間を守るためなら、なんだってする。それも機甲狩竜師ってものだ」

シェルツェは頰を微かに朱に染めると、戸惑うように言った。

「……わ、私はたまに、お前の言葉が本気かどうか、わからなくなる。あまりにまっすぐすぎて……私でさえ、まぶしく思えてしまう」

「そうか？　オレにだってお前に望みたいことがあるぞ」

「望みたいこと？」

　トウヤは頷（うなず）いた。

「戦車を好きになってほしい。戦車好きがひとりでも増えれば、機甲狩竜師が増えるきっかえになるし、もしかすると、パンター以外の戦車も見つかるかもしれない」

「戦車を好きになる、か……」

　シェルツェは複雑な表情だった。

「正直、実感がわかないな。今のところパンターは、私にとって剣の代わりでしかない。いったい誰が、どのように作り上げたのか、機甲狩竜師はどれほど昔からパンターでモンスターと戦っていたのか……知的興味が尽きない存在とは思うが」

「今はそれで十分だ」

　トウヤは満足そうに頷くと、片手を上げて、シェルツェに近づけた。

「明日は頑張（がんば）ろうぜ、戦友」

　シェルツェはトウマを驚（おどろ）きとともに見つめると、嬉しさを隠しきれないような顔で頷き、自分も手を上げた。

ふたつの掌が打ち付けられる、乾いた音が響き渡った。

4

東の地平線の払暁が、人の気配のなくなったエゲルの街を静かに照らしていく。

二匹の〝九つ首〟はエゲルの街に到達した後、市街を南北に貫くメインストリートの北口から侵入を開始していた。合計一八の頭部を全方位に向け、絶え間なく視線を送っている。

クルルたちはメインストリートの中央にある十字路に展開、二匹の接近を待ち構えていた。

「あの動き……他の竜とはまるで異なりますね」

張り詰めた空気の中、民家の壁に身を隠すクルルの耳に、隣に立つ部下のひとりが言った。

「あの二匹は、相互に連携することで、奇襲を受ける確率を減らそうとしています。既存の竜種より、はるかに高い知能を持っている証拠です」

「あれを、我々の知っているモンスターとは思わないほうがいいです」

クルルは答えた。身体からは七色の光が舞い散り、両手には大剣が握られている。

「マトラ森林のどこかに残されていた絶滅種の卵が、何かのきっかけで孵化したのかもしれません。幼体と成体が同時にいるのは、孵化した時期が異なっていたからか……」

「それが、例の暴竜種の正体……？」

「分かりません。ただ、あの二匹が、最後の個体と考えないほうがいいでしょう。もしかするとこの世界には、同じように孵化を待つ卵が、たくさんあるのかも……」

「ぞっとしますね、それは……」

もし、竜災期の伝承通り、〝九つ首〟のような個体が、何十、何百、何千と大地に出現したら――。

地表が大きく揺れる――二匹の〝九つ首〟が接近しつつあるのだった。クルルは表情を引き締め、部下に告げる。

「考察は後にしましょう。今はただ、あの二匹を倒すことが第一です」

クルルはすぐにでも飛び出せる姿勢をとった。他の狩竜師たちも続く。

十字路の反対側には、他の狩竜師たちもいた。「アスガルド」の指揮官の姿もある。

――やがて、二匹は十字路に侵入し、クルルたちの目の前を通り過ぎようとした。

「アスガルド」の指揮官が叫んだ。

「今だ、やれぇぇぇ！」

一瞬後、直径数メートルもの炎の塊が高速で飛来――二匹の足元に着弾した。直後、いくつもの爆発が起こり、さらに巨大な炎と黒煙が吹き上がる。

二匹は雄叫びとともに後退。爆発を避けるためか、〝第三の目〟は閉じられている。

別の場所で待ち構えていた狩竜師たちが、火球系の魔法を二匹の足元に叩き付けたのだ。目的は昨日にパンターが行った、煙幕による視線妨害を再現するためだ。

爆発の被害は周辺の建物にも及んでいた。狙いを外した火球が市街地に次々に着弾し、家屋が吹き飛び、炎が舞い上がる。

狩竜師たちにとっては予想通りの展開だった。クルルが叫ぶ。

「行きましょう、皆さん！」

一斉に路上に飛び出る狩竜師たち――黒煙の向こうの二匹に攻撃を仕掛けようとする。

魔法による遠距離からの攻撃で二匹の視界を同時に奪い、その瞬間に多方向からの同時攻撃を仕掛ける。

これが、クルルたちの出した答えだった。

いかに全方向をカバーする視界を持つ〝九つ首〟といえども、黒煙で視界を奪われた状態なら、狩竜師たちの接近を食い止められないはず。そして、一度近接してしまえば、足元や腹下などの死角からの攻撃が可能になるかもしれない――。

「これなら……！」

先陣を切っていた狩竜師が、剣を振りかざしたその時――黒煙の中から、巨大な咆哮が発せられた。あまりの大きさに大気が鳴動し、内臓に痛みが走るほどの衝撃が発生する。

その瞬間、二匹の周辺に立ち込めていた噴煙が一瞬にして吹き飛ばされる。もちろんその先には、突撃中の狩竜師たちの姿がある。

二匹は全ての頭部から同時に巨大な咆哮を放ち、その衝撃で黒煙を散らしたのだった。

クルルは青ざめていた。明らかに、昨日の戦訓を反映した動き――やはり、あの二匹は、通常の竜種とは比べもののならないほど高い知能がある――！

「構うな！　このまま〝第三の目〟が開く前にケリを付ける！」

そのまま突進する「アスガルド」の指揮官。クルルも絶叫を放つ。

「『リディア』も突撃を継続、いまさら退避は間に合いません……せめて、ひとりでも！」

だが、二匹は一八の長い首を鞭のように振りかざし――そして、狩竜師たちに叩き付けようとした。もちろん、ひとつひとつの首が、別個の目標に向けられている。

「……ッ！　皆さん、回避を……！」

クルルの叫び――しかし、それは遅すぎた。狩竜師たちは次々に巨木のような首や頭部に激突、地表や建造物に叩き付けられる。かろうじて一撃目を回避した狩竜師も、二撃目、三撃目を食らってしまう。

後方の狩竜師たちからの支援はない——今、魔法を放てば、味方を巻き込んでしまう。

クルルも打撃を受け、路面に叩き付けられる。

「……ッ！」

全身に激痛が走り、立ち上がることさえできない。

二匹は態勢を立て直すと、狩竜師たちに向き直った。ゆっくりと〝第三の瞳〟が開かれていく。

クルルの視線が、二匹の視線と絡み合う——クルルの表情に絶望が宿る。

だが、その時、クルルの視界に、信じがたい光景が映し出された。

甲高い音響とともに、魔法による攻撃ではない〝何か〟が高速で飛来したのだった。

しかし、二匹は飛翔音から感じ取ったのか、すぐさまこれを回避した。〝何か〟は至近の路面に衝突、小規模な爆発が発生する。

だが、それでことは終わらなかった。

一瞬後、着弾した路上にメートル単位の太さを持つ巨大な氷柱が出現したのだった。

〝九つ首〟の一匹も巻き込まれ、前肢を氷の中に閉じ込められてしまう。

再び甲高い音響とともに高速で〝何か〟が飛来――今度は氷柱によって動きを止められた〝九つ首〟の胴体に直撃。体内で爆発が発生――胴体が引き裂かれ、肉片が飛び散る。

〝九つ首〟は全ての口から赤い血を噴き出しながら苦しげに九つの首をもがくように揺らめかせる。

〝九つ首〟は断末魔のごとき咆哮を上げながら路上に倒れ伏した。

割れた柘榴のようになった胴体から大量の血液が流れ出て、路上が赤く染まっていく――三つの瞳の瞳孔がゆっくりと開いていく。

「いったい何が……」

クルルは唖然としていた。

〝九つ首〟への攻撃は止まなかった。健在なもう一匹に向けて、再び〝何か〟が飛来したからだ。〝九つ首〟は回避を試みたが、弾着と同時に再び巨大な氷柱が出現、その鋭い切っ先が皮膚を薙ぎ、悲鳴のような咆哮があがる。

〝九つ首〟は態勢を立て直しつつ、全ての頭部をメインストリートの西側に向けた。クルルも瞳を動かす。

そこには市街を一望できる小さな丘と森林があった。そして、その中では巨大な鋼鉄の塊が獲物を待ち伏せている豹のように木々に身を隠しながら、砲身を突き出している。

砲身の先からは灰色の煙が微かに揺らめいている。

「パンター!? シェルツェお姉さま!?」

「皆さん、今すぐそこから退避してください！」

昨日と同じ、頭の中に直接響き渡る声――フィーネだった。

「これから〝九つ首〟を街の外に誘い出して、そこで決着をつけます！　皆さんは怪我人の救助を！」

「まさか、たった一台で戦うつもりなのですか!?」

「残りは一匹――勝てない戦いではありません！」

「しかし……！」

「あ、あと、戦車の単位は『台』ではなく『両』です！　私の古文書にありました！」

と、轟音が響き渡る――パンターの位置を確認した〝九つ首〟が猛然と突進を開始したのだった。メインストリートから丘までは僅かしか離れていない。

パンターも素早く後退、丘を下って路上に入り、市外へと向かおうとする。

「そういうわけで、後は頼みます！」

その一言を最後に、フィーネからの言葉がぷつりと途切れた。

「団長！　大丈夫ですか!?」

部下のひとりが駆け寄ってきた。額から血を流しているが、とりあえずは無事のようだ。

クルルは立ち上がろうとしたが、その瞬間に全身に激痛が走り、よろけてしまう。

部下が慌ててクルルを抱きかかえた。

「団長！　無理をしては……！」

「それよりも、他の狩竜師たちは」

「全員が健在です。ただ、ほとんどが負傷。魔法で攻撃した面々は無傷ですが」

「健在なものに、怪我人の救助をお願いしてください。あと、撃破された〝九つ首〟の息の根が、本当に止まっているかの確認も」

「はい。それにしても、これはいったい、どういう原理で……」

部下の視線は、目の前の巨大な氷柱に釘づけとなっていた。

「おそらくは錬骸術の応用でしょう。しかし、これがあるのなら……」

クルルは無意識のうちに呟いていた。

「もしかすると、もしかするかもしれません」

5

パンターは全速力で市街地に入り、そのまま路地を北に向かって進んだ。この方向に進むのが、もっとも早く市外に出られる。

〝九つ首〟は、そんなパンターの動きを正確に把握しているようだった。周囲の建造物をなぎ倒しながら、猛然とパンターを追っている。半端な速力では追い付かれてしまう。

サツキが、パンターの移動方向にかかわらず、砲塔正面を可能な限り〝九つ首〟に向けているため、トウヤの装塡手席前面にある視察溝からも、状況は把握できた。

「いいぞ、ヤツの注意は完全にこちらに向いている！」

トウヤは拳を握りしめながら叫んだ。

「パンターも石化していない！　やっぱり、ヤツの石化能力はパンターには通じないんだ！　ヨシノ、そのまま突っ走れ！」

「適当なこと言わないで！　こっちは必死なんだから！」

目前に張り付けた地図と路面を交互に見ながら大声で叫び返すヨシノ――エゲル市街の路地は複雑に入り組んでおり、ひとつ道を間違えればあらぬ方向に進んでしまう。

「でも、あと数分で市外に出れそう！　それからは⁉」

「計画通り、近接戦闘で決着をつける！」

シェルツェが答えた。額は車長席前面のスコープに押し付けられている。

シェルツェの額には汗がびっしりと張り付き、声にも微かに震えが混じっている。恐怖と緊張を感じていることに疑いはない――しかし、視界にはしっかりと〝九つ首〟が捉えられている。

　今のところ、シェルツェはモンスター恐怖症を自分の意志で抑え込み、平静を保ったまま車長席についているのだった。

「パンターは砲撃が可能とはいえ、長期戦になれば足回りの負担が増え、こちらも体力的に辛くなる。短期決戦しかない」

　シェルツェは大きく息を吐き出し、こみ上げる興奮を抑えるように呟く。

「しかし、先ほどの砲戦で、二匹のうちの一匹を撃破したことは大きい。これで、微かなりとも勝機が見えて来た」

「『竜牙亭』の女将さんには、みんなでお礼に行かないとねっ！　あたしたちのせいで、店の看板が無くなっちゃったわけだし」

　明るく答えるサツキ。寝不足のためか、顔には疲労の色が濃いが、精神の高ぶりのおかげで、本人は気になっていないようだ。

　先ほどの〝九つ首〟の一匹を葬り去った砲戦の第一撃は、サツキが命名したところの錬骸弾――〝アイス・グレンデル〟の錬骸素材を利用した砲弾によるものだった。

　昨晩、トウヤたちは他の学生狩竜師たちとともにエゲルの街を脱した後、それを追い抜いて姿をくらまし、エンジン音を絞りつつ闇夜に紛れて市内に再び侵入、丘の上の森林に布陣、榴弾を錬骸弾に改造する作業と仮眠をこなしつつ朝を待ったのだ。

シェルツェとしては、他の狩竜師たちが攻撃を開始する前に先手を打ちたかったが、街の建造物に照準が邪魔されて上手くいかず、その間にクルルたちの攻撃が開始されてしまった。このため、第一撃はクルルたちが無力化された後となってしまった。

しかし、幸いにして第一撃の錬骸弾は完全に作動し、〝九つ首〟の片割れの動きを止め、その後の徹甲弾による第二撃で止めを刺すことに成功した。

そのまま砲撃を続けなかったのは、市街への被害を避けるためだった。〝九つ首〟はパンターの砲撃を目視で回避できる力を持っている。不意打ち以外での直撃は期待できない。

「あの女将さんのことだ、気にしちゃいないから、安心しろ」

トウヤが言った。

「この一戦に勝って、女将さんにあの〝九つ首〟の牙をプレゼントすればいい。『竜牙亭』が話題になって賑わえば、恩返しにもなる」

「だね！」

「未来について話すのは構わないが、油断は禁物だぞ」

気を引き締めるように告げるシェルツェ。

「錬骸弾を使った以上、こちらに奥の手はない。正々堂々、正面から挑むしかない」

口調から、シェルツェが思考を編んでいるのが分かる——全員の意識がそちらに向く。

「近接戦闘で砲撃を直撃させるチャンスを伺う。徹甲弾で狙うなら、もっとも面積の大きい胴体だろう。ただ、我々としてもきつい戦いになるはずだ」

フィーネの緊張した息遣い。シェルツェの言葉は、フィーネの役割のひとつである、着剣されたヴィンケルレイドの姿勢転換が頻繁に必要になることを示している。

「だが、必ず〝九つ首〟を倒し、アクインクムに戻ろう。〝九つ首〟を倒すことでしか、我々が退学を免れる道はない」

やがてパンターは市外に達し、僅かに遅れて、〝九つ首〟も後に続いた。〝九つ首〟は勢いを緩めず、追撃を継続する。

「このあたりでいいだろう！　ヨシノ、パンターを反転させて、正面から突撃を開始。速力は三速。フィーネ、ヴィンケルレイドを右方向に九〇度の角度変更！」

『了解！』という声の連鎖——パンターはU字を描いて反転、〝九つ首〟に正面を向けた。同時にフィーネの念動力により、砲身下方のヴィンケルレイドが刃を右に向け、斬撃が可能な状態になる。

瞬く間に距離が縮まるパンターと〝九つ首〟——〝九つ首〟は全ての首を振り上げ、パンターに叩き付けようとする。

サツキが悲鳴をあげる。

「ちょっとシェルツェちゃん!? このままじゃ……！」

「ヨシノ、最大速力！」

シェルツェの命令――ヨシノの返答の代わりにパンターは増速、先ほどの倍の速力で前進を継続した。急な加速に〝九つ首〟は反応できず、振り上げられた首はパンターの後方で空振りになる。

「ヨシノ、そのまま突っ込め！」

「……ッ！」

パンターはそのまま直進、〝九つ首〟の左の後肢に迫る。一瞬後、砲身のヴィンケルレイドがアキレス腱にあたる部分を切り裂き、パンターは血しぶきを浴びながら下腹部から脱出する。

〝九つ首〟にとっても予想外の打撃だったらしい――苦しげに咆哮を上げながら足をよろめかせる。動きが鈍り、九つの頭部もあらぬ方向を向く。

「チャンスだ！ フィーネ、大剣を真下に！ サツキ、トウヤ、弾種徹甲！ 今なら胴体に――！」

シェルツェが叫び終わらないうちにフィーネがヴィンケルレイドの角度を変更、トウヤが徹甲弾を装填し、ヨシノもブレーキを踏んでパンターを停止させる。

現状で、パンターが移動中に砲撃を行うことは不可能だった。車体の揺れや目標との相対距離の変化にサッキが対応できず、命中がほとんど期待できないことが訓練で判明している。よって、パンターが精密な射撃を行うときは、必ず停止させなければならない。

シェルツェが立て続けに叫んだ。

「今なら態勢が崩れている——サツキ、三連射だ！」

「了解、撃てぇっ！」

衝撃——パンターは連続して徹甲弾で射撃を放った。目標との距離は数十メートル。サツキの荒い照準計算でも外しようがない距離。もちろん、狙うのは胴体だ。

三発の徹甲弾が〝九つ首〟の胴体に直進する。だが、〝九つ首〟は強引に身体を捻じ曲げて九つの首を振り上げ、三発の弾道上に振り下ろした。

〝九つ首〟の手前で爆発が発生し、炎と黒煙が噴き上がる。そして、爆発のたびに首の一本が千切れ、血しぶきと肉片を散らしながら宙を舞い、地上に落下する。

「そんな、自分の首を盾にするなんて……！」

サツキが青ざめながら呻く。

黒煙が晴れた後、引き千切られた三本の首から鮮血を迸らせる〝九つ首〟が姿を現す。

〝九つ首〟は、傷だらけの身体を立ち上げると、足元に転がっている千切れた自分の頭部のひとつ――まだ、意識があり、瞳と口が微動していた――を躊躇わず踏みつぶした。

「なんなんだ、あれは……」

シェルツェが震える声で呟いた。〝九つ首〟の人間の常識を外れた行動に、モンスターへの恐怖感が蘇ったのかもしれない。

「あれが暴竜種だというのか？　もし、本当に竜災期が来たのなら……」

「シェルツェ！」

トウヤの怒号――今度は〝九つ首〟が猛然と体当たりを仕掛けて来たのだ。しかも、残された六本の首を内側に折り曲げ、衝突しやすいようにしている。

「くっ……！　ヨシノ！」

「言われなくても……！」

パンターも後退で急発進、間合いを取りながら回避しようとする。

だが、それを見た〝九つ首〟は四肢で大地を蹴り、上空に大きく跳躍した。

「そんな、ジャンプするなんて……！」

ヨシノの叫び。巨大な〝九つ首〟がジャンプするのはそれだけで衝撃だった。また、操縦席の視察溝の視界は狭く、頭上までカバーできない。

頭上に視野がないのは他の席でも同じだった。つまり、五人はこの瞬間、〝九つ首〟の姿を見失ったことになる。

しかし、フィーネが青く光る水晶玉を抱きかかえながら叫んだ。

「右です！　落下音が聞こえま、い、い、した！」

トウヤが叫ぶ。

「ヨシノ、超信地旋回！　パンターの正面をヤツに向けろ！　サツキは砲塔を反対に――照準は間に合わない！」

ヨシノは超信地旋回を実施――その場で車体を回転させ、右に正面を向けようとする。

サツキは砲塔を左に旋回させる。

直後、〝九つ首〟はパンターの右手に衝撃を伴いながら着地した。六本の首はすでに振り下ろされようとしている――このままではコンマ数秒でパンターに叩き付けられる。

「みんな、何かに掴まれ！　衝撃に備えろ！」

一瞬後、パンターに巨大な衝撃が襲い掛かった。

振りかざされた首のひとつが、パンターの車体正面に斜め上から激突したのだ。

打撃を受けたパンターは後方に勢いよく弾き飛ばされる――だが、正面を向いていたのが功を奏し、そのままの姿勢で着地——そのまま地表を転輪で削りながら何十メートルか後退、最後には停止した。

車内では、全員がその場で衝撃を凌ぐことが出来ていた。しかしその衝撃により、パンターのエンジンは停止していた。車内には舞い上がった粉塵がもうもうと立ち込めている。

トウヤは叫んだ。

「大丈夫か、みんな⁉」

「なんとか……」

砲尾に掴まっていたサツキが呻くように呟く——他の三人も無事なようだった。

数秒後、車内に再び重苦しい轟音と振動が発生。ヨシノがエンジンを再起動させたのだ。

ヨシノはすぐにパンターを後退させて、〝九つ首〟と間合いを取ろうとする。

一方、その間にも、〝九つ首〟は追撃を開始していた。体当たりの姿勢でパンターに急接近——先ほどのように跳躍された場合、対処の仕様がない。

「トウヤちゃん！　錬骸弾三発！」

サツキの叫びに、トウヤは無言で錬骸弾を砲尾に叩き込んだ。

「近づくなぁ！」

サツキは連続して射撃を放った。砲弾はいずれも〝九つ首〟の進路上に着弾、同時に多数の巨大な氷柱を作り出した。

〝九つ首〟は追撃を切り上げて足の動きを止めた。パンターはその間に距離を取ることに成功する。

「危なかった……あいつは仲間の最期を見てるから、牽制になると思ったけど……」

トウマはサツキに感謝するように頷いた。そして、今度はシェルツェに尋ねる。

「シェルツェ、大丈夫か？」

シェルツェは苦渋に満ちた表情でトウヤを見つめていた。

「すまない、今のは私のミスだ。私のせいで、対応が遅れて……」

だが、トウヤはそれを無視して、シェルツェに言った。

「じいちゃんによると、パンターは正面の装甲が分厚いらしい。だから、敵の打撃は正面から受け止めるものだって言っていた。ただ、砲身は別方向に向けた方がいい――砲身をへし折られると、パンターといえども何もできなくなるからな」

「トウヤ……」

「言っただろ、全員でお前をフォローするって。だから、気にするな」

トウヤはそれ以上何も言わず、無言でシェルツェを見つめていた。サツキ、ヨシノ、フィーネも同じように、シェルツェの次の言葉を待つ。

「分かった。恩に着る……」

シェルツェはそう言うと、全員に張りのある声を向けた。

「皆、今の調子でこれからも頼む。今の我々なら、きっとあの〝九つ首〟を倒せるはずだ！」

返事はない――無言の肯定。五人の中で、諦めを抱いているものは誰もいない。

「いくぞ！」

パンターは再び前進を開始した。

6

人々が集う古城の城壁からは、エゲルの街の北側で繰り広げられている戦いを、おぼろげながら見ることが出来た。

巨大な鋼鉄の塊――パンターと、さらに巨大な九つ首のドラゴンが、絡み合うように格闘戦を繰り広げている。モンスター討伐といえば剣と魔法を操る狩竜師の仕事――そう思い込んでいた者にとっては、衝撃的な光景だった。

「竜牙亭」の女将さんも、じっとそれを見つめている。

時折、戦場に発生する巨大な氷柱は、間違いなく自分たちが提供した、アイス・グレンデルの牙から採取された素材を利用した攻撃だろう。

どうやら「竜牙亭」の看板は、立派に彼らの役に立っているらしい。

「女将さん……？」

従業員のひとりが不安そうに呟いた。女将さんは快活に答える。

「大丈夫だよ、あの子たちなら。なんたって……」

女将さんは再び視線を彼方に戻した。

「うちの看板を背負って、戦ってくれているんだから」

エゲルの街に残された狩竜師の大半は、怪我の治療のため、パンターと〝九つ首〟の戦いを傍観することさえできなかった。無傷の狩竜師も、〝九つ首〟の石化能力を恐れ、遠巻きにしか戦いの様子を確認できない。

それでも、パンターが〝九つ首〟と互角以上の戦いを繰り広げているのは、街の北側からひっきりなしに聞こえる砲声と咆哮で察することができた。

「歯痒いですね……」

十字路に設けられた臨時の救護所に寝かされながら、クルルが悔しそうに呟いた。

「シェルツェお姉さまが戦っているというのに、加勢もできないとは……」

「団長、とりあえず今はこのまま」

先ほど、クルルを最初に介抱(かいほう)した「リディア」の学生狩竜師が、気遣(きづか)うように答えた。

「戦いの様子を確認している狩竜師によれば、パンター——あの機械人形(オートマトン)は、〝九つ首〟と互角以上の戦いを繰り広げているそうです」

「そうですか……」

クルルはほっとするように答えた。

「決定的な一撃(いちげき)を与(あた)えずとも、出血を強いていけば、あるいは……」

と、近くに人の気配——ギルド「アスガルド」の指揮官だった。とりあえず動けるようだったが、顔面から血の気が完全に失われている。

「……どうしたのですか？」

「今、例のパンターが撃破(げきは)した、〝九つ首〟の死体を確認していたのだが……」

「アスガルド」の指揮官は低く答えた。

「あの個体が、いまだ幼体だったことが判明した。それらしい特徴(とくちょう)がいくつか残っていた」

「な……では、今、パンターが戦っている個体も……!?」

「おい、あれを見ろ！」

救護所で治療を受けていた狩竜師たちが、頭上を指さしながら叫んでいた。

マトラ森林の広がる北方から、眩いオレンジ色の輝きがシェルツェたちがパンターで戦っている方角に向かっていた。

クルルにはその光に見覚えがあった。昨日のマトラ森林での戦いで、石化した狩竜師たちから〝九つ首〟に吸われていった光。

「まさか……」

7

「何が起こってるの⁉」

サツキが照準器に額を近づけながら悲鳴をあげた。誰もそれを咎めない――トウヤをはじめ、他の四人も同じことを思っていたからだ。

トウヤたちの視線の先――つまり、パンターの数百メートル前方には、これまで戦いを繰り広げてきた〝九つ首〟の姿がある。

〝九つ首〟はトウヤたちの目から見ても満身創痍の状態となっていた。首の数はさらに減って五本となり、脚部もパンターの斬撃により、無数の切り傷が生じている。

一方、パンターは最初の打撃を受けて以来、ノーダメージを保っていた。乗組員の全員が〝九つ首〟の攻撃パターンに慣れ、動きを読めるようになってきたからだった。

ただし、燃料、砲弾はともに残り少なく、だからこそ、トウヤたちは〝九つ首〟と一時的に距離を取り、改めて策を立てた後に近接戦闘を挑もうとしたのだが――。

今、〝九つ首〟には、北の方角から飛来してきた、オレンジ色の輝きが集っている。

サツキが叫んだ。

「あの光って、マトラ森林で見たアレと同じ!? ってことは……」

シェルツェはスコープに額を押し付けながら、強張った声で答える。

「おそらく、石化した人間に残された生命力を、まとめて吸引している。傷を癒すためか、あるいは、さらなる成長のためか……」

〝九つ首〟が光を纏っていたのは数秒だった。やがて光は〝九つ首〟に吸い込まれ、傷だらけの全身が再び姿を現す。以前と異なり、全ての瞳の色が赤く染まっている。

だが、〝九つ首〟の変化はそれだけにとどまらなかった。

〝九つ首〟の全身の損傷が、急速に再生していったからだ。失われた四本の首も、瞬く間に原型を取り戻していく。

「嘘……そんなことって……」

サツキが唖然としながら呟く――フィーネが後を受ける。

「再生能力……古文書に書かれていた、ヒュドラの特性です……」

フィーネは声を震わせながら続けた。

「しかも、中央の頭部は不死とも書いてありました……」

「つまり、今まで戦っていたのは幼体で、これが本当の成体ってこと……？」

ヨシノが息を呑むように呟いた。

と、〝九つ首〟は身震いをすると、九つの口をガッと開いてこちらに向けた。口の中から揺らめく何かが生じている。

シェルツェは咄嗟に叫んだ。

「ヨシノ、回避だ、急げ……！」

ヨシノはパンターを急発進させ、右へと旋回させた。

次の瞬間、〝九つ首〟の全ての口から、黒色の炎のようなものが円柱状の噴流として猛烈な勢いで放たれた。その一部は、先ほどまでパンターがいた場所へと吹き付けられる。

〝九つ首〟は黒色の炎の放出を数秒で停止した。しかし、炎に吹き付けられた地表はドロドロに融解し、水蒸気を発しながら泡立っている。

これを食らえば、パンターでさえ装甲が溶解してしまうかもしれない。

フィーネはさらに青ざめながら言った。

「毒の息……！　やっぱり、ヒュドラの特性が加わっています！」

「もはや、近づくことも困難になったというわけか……」

シェルツェが掠れた声で呟いた。モンスター、特に竜種には様々な属性のブレス（呼気）で遠距離攻撃を行う種族が多い。

「で、でも、あれに本当にヒュドラの特徴が付加されたのなら……弱点はあります！」

フィーネが意気込むように言った。

「古文書によると、再生能力は炎で焼くことで止められるそうです。とにかく、短時間に徹甲弾と榴弾を叩き込みまくれば、焼き殺すことが出来ると思います！」

サツキは反論した。

「どうやって⁉　錬骸弾で四肢を氷漬けにしても、あいつの場合、自分で切断して逃げるかもしれない！」

「ど、毒の息を回避して、至近距離に近づいて……」

「それが出来たとしても、これまでのような戦い方じゃ、いつかはやられる！」

「再生されても動きが止まるようにすればいいんだな？　それも、一撃で確実に」

唐突に呟くトウヤ――全員の注意がそちらに向く。

トウヤは自分の考え出した策を手短に説明した。

シェルツェが即座に声を荒らげた。

「そんなことすれば、お前がどうなるか知っているだろう⁉　死ぬかもしれないぞ！」

「作戦が成功すれば生き残れる」

「その保証がどこにある⁉　それに、不死かもしれない中央の首はどうする⁉」

「あいつもモンスターである以上、本当に不死とは思えない。もし不死だったとしても、首だけ切り離して土の中にでも埋めてしまえばいい」

「だが……！」

「あの毒の息の影響を受けないためにも、今すぐにケリをつける必要がある。だったら、やるしかない」

頑なに意見を変えないトウヤ――と車体前方から、操縦桿を動かす音が聞こえる。

「ヨシノ！」

「それでいくしかないんじゃない？」

感情を込めない声でヨシノが答えた。

「トウヤ、言い出したら絶対に聞かない性格だし――ここで議論している余裕もなさそうだし。サツキとフィーネも、それでいい？」

サツキとフィーネが答えた。

「自信はないけど、それしかないならやってみるよ」

「わ、私も、異議はないです……！　ここまで来て、逃げるのは嫌です！」

「貴様たち……」

シェルツェは困惑するように呟いたが、やがて、覚悟を決めたように頷いた。

「……分かった」

シェルツェは再びスコープに額を重ね、凜とした声で号令を放った。

「必ず、この一撃で終わりにしよう——戦車、前進！」

パンターは前進を開始——最大速力で〝九つ首〟に真正面から突っ込んでいく。

〝九つ首〟は即座に全ての口を広げ、黒色の炎——毒の息を吐き出した。いくつもの噴流がパンターに向かう。

「サツキ！」

シェルツェの命令で、パンターは前方に錬骸弾による射撃を連続して放った。錬骸弾はすぐに着弾し、いくつもの巨大な氷柱を地表に出現させる。

もちろん、〝九つ首〟にダメージはない。しかし、パンターは氷柱の群れを盾にしながら突進を継続した。〝九つ首〟は黒色の炎を氷柱にぶつけて融解させようとするが、あまりにパンターのスピードが速いため、その間にも接近を許してしまう。

そして、お互いの距離が数十メートル以下に差し掛かった瞬間、〝九つ首〟は炎の放出を止め、パンターの未来位置へ九つの首を振り下ろそうとした。

だが、次の瞬間、〝九つ首〟の視線は、パンターの車体後部に釘づけになった。

なぜならば――そこに人間の姿があったから。

トウヤが、砲塔後部のハッチから車外に出て、上半身を覗かせていたのだ。無論、〝九つ首〟の第三の瞳は開かれている。

トウマが叫んだ。

「おい、オレは人間だ！　俺をエサにしたければ、無傷で石化させてみろ！」

一瞬、トウヤの視線と〝九つ首〟の視線が絡み合う。

直後、振り上げられた九つの首の動きに乱れが生じた。ただし、すでに勢いがついていたため、そのまま地表に振り下ろされる。

「このぉぉぉ……ッ！」

パンターはヨシノの操縦により、トウヤによって生み出された一瞬の隙を利用して、ぎりぎりの間合いでそれを回避することに成功する。

思考の混乱のためか、地上に叩き付けられた後、反動を制御出来ずにはね上がる九つの頭部。おかげで、〝九つ首〟にさらに大きな隙が生じる。

だが、その衝撃により、車体後部のトウヤも吹き飛ばされ、地表に落下してしまう。

「ぐ……しまっ……！」

「トウヤ⁉」

シェルツェの切迫した叫び。

だが、トウヤは激痛に顔をしかめながら叫んだ——すでに足先では石化が始まり、胴体に向けて灰色に変色しつつある。

「オレに構うな！　あと一歩だ！」

トウマはパンターの背後を見つめながら、なおも叫んだ。

「お前ならやれる——シェルツェ！」

「……ッ！　ヨシノ、急停止、急げぇぇぇ‼」

「了解！」

何かに耐えるように叫ぶヨシノ。パンターはドリフトで勢いを殺しつつ滑るように機動——〝九つ首〟の側面で停止、その横腹に主砲を向けることに成功する。

「サツキ、今だ！」

「了解、いけぇぇぇっ！」

サツキが絶叫とともに射撃を放った。使用した砲弾は錬骸弾だ。

錬骸弾はパンターの砲身から撃ちだされた後、〝九つ首〟の胴体ではなく四肢の隙間──腹下に向かい、空中で信管を作動させた。

直後、砲弾内の錬骸素材が反応──地表に無数の野太い氷柱が生じる。

腹下から突き出される多数の氷柱を、〝九つ首〟は回避することが出来なかった。何本もの氷柱が真下から〝九つ首〟に突き刺さり、槍衾の上で磔にされたような状態になる。

〝九つ首〟の悲痛な叫び。氷柱の一部は胴体を上下に貫通している。

シェルツェはすぐさま車長席から装填手席に飛び降り、足元にあった徹甲弾を装填した。

「サツキ、砲撃を継続！　胴体に叩き込め！」

パンターは再び射撃を放った。一瞬で弾着、〝九つ首〟の胴体に爆発が発生する。

「サツキ、そのまま撃ち続けろ！　砲弾が尽きても構わない！」

パンターは連続して榴弾と徹甲弾を放った。

〝九つ首〟に立て続けに爆発が生じ、全身の至る所が粉砕され、炎上していく。胴体が、尾が、四肢が、首が、燃え盛りながら引き千切られていく。

噴き上がる炎と黒煙の中、一本の首がそれらから逃れることを望むように天に向けて伸びる──伝承によると不死の能力を持つとされる、中央の首だ。

「サツキ、とどめだ！」

「了解、撃てぇぇ!」

砲声とともに放たれる徹甲弾――それはオレンジ色の尾を引きながら、中央の首の付け根に向かう。直後、爆発が発生――中央の頭部全体が四散する。

やがて、〝九つ首〟は残った頭部から断末魔の咆哮を放ち――そして、炎と黒煙の中にゆっくりと沈んでいった。

8

それが夢でないことは、すぐにわかった。

ぼやける視界の中で、額にフェイスガードをつけた少女――シェルツェが、何かを必死に語りかけている。瞳には大粒の涙が浮かび、今にも零れ落ちそうだ。

シェルツェの後ろにはヨシノをはじめとする三人の少女が立っていた。全員が心配そうな顔で自分を見つめている。ヨシノなど、シェルツェに負けず劣らずの泣き顔だ。

そして、さらにその背後には、巨大な鋼鉄の豹、Ⅴ号戦車パンター。

黒煙や土砂、〝九つ首〟の返り血を浴びたせいで、獲物を狩った後の本物の豹のように赤黒いシルエットとなっている。

つまりそれは、自分の提案した逆転の策が、見事に成功したということだ。

トウヤは口元をにやりと緩めた。

じいちゃん。じいちゃんの言ってたことは、本当だったんだな。

パンターは、五人の仲間が力を合わせてこそ、真価を発揮してくれるんだな。

実をいうと、ちょっとばかり不安で――でも、それでもじいちゃんの言いつけどおり、仲間を信じることに決めていたんだけど、これで揺るがない確信が持てたぜ。

オレたちのパンターは、伊達じゃない！


「トウヤ、大丈夫か、トウヤ!?」

改めて気がつくと、トウヤの目前には、シェルツェの顔があった。

「トウヤ、返事をしてくれ、トウヤ！」

「シェルツェ、か……」

トウヤは答えた。思考は混乱しているが、全員が無事であることだけは認識できた。

シェルツェははっとした顔になった。

「トウヤ、無事なのか……!?　石化は……していないようだが……」

「どうにかな……」

口元に微笑みを刻む――だが、シェルツェは辛そうな表情のままだ。

「まったく、貴様というやつは、どうしてそこまで……いくらそれが機甲狩竜師の流儀だとしても、程度というものがある。少しは自分を大切にしろ。ヨシノが貴様のことを心配するのもよくわかる……」

「それより……やったんだよな？」

話を強引に逸らせる――事後の確認がしたかったし、これ以上、シェルツェの泣き顔を見たくなかった。

トウヤは思った。じいちゃんはパンターのことは色々教えてくれたけど、こんなふうに、泣いている女の子をどうやって慰めるかは、教えてくれなかったな……。

「……ああ。やった。我々は最後の〝九つ首〟を倒した」

シェルツェは目の涙を指で拭い、答えた。

「不死と言われた中央の首についても、復活していない……どうやらそれだけは、伝説の中だけの話だったようだな」

「あんなバケモノ、伝説の中にだっていねぇよ。でも……」

トウヤは安堵の息を吐き出しながら、自分なりに目の前の少女を慰めるべく、続けた。

「これで、大手を振ってアーネンエルベに帰れるし、退学も免れる。お前だって、今回で立派にパンターの車長としてモンスターと戦えたんだ。もしかすると、今回の功績で、

『プロイェクト・リディア』に戻れるかもしれない……」

「――貴様は、本当にそう思っているのか？」

微かに怒気をはらんだシェルツェの表情。

「こんな戦いを経験した後、あっさりと『リディア』に戻ったら、それこそ恥さらしだ。それに、パンターでモンスターと戦い、民を守れることが証明できたのだから……それは我々騎士の〝高貴な義務〟にも反することになる」

「それって……」

驚くように尋ねるトウヤ。

シェルツェは呆れ混じりのため息を吐き出すと、トウヤをまっすぐに見つめた。

「私の進むべき道はいまだ定まらない――だが、私の欠点が完全に克服されるまでは、貴様たちとともにパンターで戦いたいと思う」

シェルツェは背後のパンターに振り返った。

「それに、このパンターにも、愛着が湧いてきたところだ」

「じゃあ、お前もパンターのことを……」

シェルツェは控えめに頷いた。

「ああ、嫌いではない……むしろ、これから好きになっていきたいと思っている」

どこからか声が聞こえた。エゲルの街の狩竜師で軽傷の者たちが、歓声とともにこちらに駆けてきているのだった。クルルをはじめとする「リディア」の生き残りの面々の姿もある。ロッテのような、マトラ森林で石化された後に仲間に回収された者たちも——どうやら予想通り、全ての〝九つ首〟の撃破が、石化の解除の条件のようだった。

シェルツェはそちらに視線を投げ、満ち足りた表情で呟いた。

「とはいえ、このありさまを皆にどう説明したものかな。戦車の知識がなければ、我々が何かとんでもないことをしたように思われてしまうかもしれない……」

「きゅ、きゅー！」

と、カピバラのカピ太が、パンターのハッチから飛び出し、こちらに駆けてきた。昨日から車体に身を隠していたのだが、今になって空気が緩んだことを察したらしい。

「あ、カピちゃん、そっちはダメ！」

サツキの静止の声を無視して、カピ太はシェルツェにダッシュした。

シェルツェの足元でジャンプして顔面に張り付こうとするが、シェルツェも学んでいるのか、ギリギリの距離で両手でキャッチすることに成功した。だが、その代償に、シェルツェの顔面にカピ太の顔面が突き付けられる結果になる——。

シェルツェの顔面から、血の気が一気に引いていく——。

「ト、トウヤ……」

全身を震わせながら、泣き笑いの表情でシェルツェが呟いた。

「やはり、私にはパンターが似合っているようだ……こんなのと生身で戦うなど、私にはとても……！」

唖然とするトウヤたち――ヨシノがため息をつき、まんざらでもないように言った。

「シェルツェが『リディア』に戻るのは、当分先になりそうね……」

エピローグ　絆を紡ぐもの

1

アーネンエルベ狩竜師学校の本校舎前に置かれた掲示板の前には、大勢の生徒たちで人だかりができていた。生徒たちの視線はこの日、新たに掲示板に張り出された、ある狩竜ミッションについての報告書に釘付けになっていた。

報告書はこう記されていた。

「四月中頃に募集が行われ、多数のチームが参加することになった、軍の依頼による狩竜ミッション『マトラ森林における、未知のモンスターの討伐』は、四月下旬までにミッションが完了しました。本校からの参加チームの戦果は以下の通り。

■戦果——陸竜種の突然変異と思われるモンスター三匹　殲滅

■戦果を得たチーム——『ドーラ』クラスの五名、およびV号戦車パンター（「ドーラ」

クラスの生徒たちの要望により付記)。なお、『ドーラ』クラスはミッションに参加中、重大な規約違反を犯したため、ペナルティとして報酬および公式の撃破スコア登録は行われず、退学免除のために必要な『成果』のみが与えられる」

「そんな、まさか……」

掲示板の前で愕然としているのは、「ベルタ」クラスの首席、アンリ・ド・エマニエル・ルクレールだった。上品で気品あふれる顔は青ざめ、全身が戦慄いている。

あの、落ちこぼれの「ドーラ」が——自らのライバルであるシェルツェ・パウルに率いたパンターのチームが、狩竜ミッションで大きな戦果を上げたのだ。

衝撃だった。自分はまだ、教習として受講したミッションで、何匹かの小型のモンスターを狩っただけだというのに……。

アンリの耳には、掲示板の前に集った他の生徒たちの感想が聞こえている。

「確かにすげえ戦果だが、どうせ『ドーラ』の連中のことだ、味方を巻き込んで勝ち得た戦果に決まっている。重大な規約違反って、間違いなくそれだよな?」

「戦果そのものが誤認かもしれないぞ。嘘の戦果を申告したのかも」

「あのシェルツェって元『リディア』なんだろ? 『リディア』が『ドーラ』に落第した

シェルツェを気遣って、下駄を履かせた結果じゃないのか？」

「退学を免れたのも、学校の温情ってやつだよな」

——肯定的な評価は皆無に近い。

「そんなはずは、ありませんことよ……」

好き勝手に意見を言っている外野に対して、アンリは小声で呟いていた。

トウヤ・クリバヤシのような本物の落ちこぼれたちはともかく、シェルツェの才能だけは本物なのだ。彼女の性格を考えれば、『重大な規約違反』も、純粋なトラブルに思える。

しかし、シェルツェの才能だけで、報告書にあるような大戦果が得られたとも思いがたい。シェルツェの能力がどれだけ高くとも、あの役立たずの連中を束ねて戦うことは並大抵のことではない。間違いなく不可能なはずだ。

その不可能を、シェルツェは可能にした——疑問と悔しさが内心に渦巻く。

「一体、どんな手段を用いたというのです……!?」

報告書を睨みつけるアンリ。不意に「V号戦車パンター」という単語が目に飛び込む。

アンリははっとした。

そう、シェルツェが本物の落ちこぼれたちと獲得した戦果は、あのゴーレムの出来損ないのような物体、パンターがあってこそなのだ。あれこそがシェルツェの力の源なのだ。

剣と魔法と錬骸術こそが狩竜師の本道――その事実を否定するつもりはないが、こうして実績が生まれた以上、考えを改めなければならない。つまり――。

「私が戦車で戦って今回以上の戦果を得れば、私の才能がシェルツェより確実に上だということを、世に知らしめることが出来るということですわね……！」

人知れず拳を握りしめるアンリ――だが、すぐにはたと気づく。

「……ところで、戦車ってどこで手に入るのかしら？」

2

「本当に、あれでよかったなのですか……？」

アーネンエルベ狩竜師学校の校長室で、クリスは思わず尋ねていた。

目の前には、校長のティーレ・ザウケルの姿がある。

「『ドーラ』の生徒の功績を真実に近いかたちで発表し、その上で『成果』だけを与えるなんて!?」

「私は問題がないと思いました」

ティーレは静かに頷いた。そして尋ねる。

「思うところでも？」

「……なんというか、穏便な事後処理にはほど遠いような気がします」

躊躇うように言葉を口にするクリス。

「確かに、あの子たちが行ったことは、重代な規約違反です。少なくとも、軍の命令に従わず、戦闘に独断で加入したのですから。ですが……」

「ですが、正体不明のモンスター——暴竜種と噂される個体を三匹も撃破してしまった」

ティーレは後を受けた。

「落ちこぼれの『ドーラ』の生徒たちが、それも、V号戦車パンターなどという、モンスターなのかゴーレムなのか機械人形なのかもわからない、謎の物体を使って」

「正直、私も信じられません。軍からの報告や、『ドーラ』の生徒たちがまとめたレポートを読まなければ、私も信じなかったと思います」

クリスは続けた。

「ですが、だからこそ、真実に近い報告をするべきではなったと思います。あの『ドーラ』が、アーネンエルベの落第生たちが、目を見張るような戦果をあげてしまったのですよ？　剣も魔法も、錬骸術さえ使えない落ちこぼれが、戦車などという謎の物体を使って。生徒たちは、何を信じて勉学に励めばいいのか分からなくなってしまいます！」

「錬骸術については、錬骸弾という方法で使用していますね。面白いアイデアと思います」

「校長！」

咎めるように叫ぶクリス。だが、ティーレは穏やかな表情を崩さず、諭すように言った。

「確かに、ことを穏便に済ませるのなら、事実の隠ぺいが最善でしょう。しかし、それは別の問題を生む可能性があります」

「暴竜種が姿を現した以上、竜災期の訪れが近い……という、あの噂ですか？」

「あの三匹が本当に暴竜種だったかは、今のところ判然としません。しかし、無理に真実を隠せば、どこかでほころびが生じ、あらぬ噂が広まることになります。王国にとって、それは確実に不利益をもたらします。今回はアーネンエルベとしても、危うく犠牲者を出すところだったのですから」

「………」

「それに、ここまで事が大きくなった以上、『ドーラ』の生徒たちの功績も認めなければ、アーネンエルベの権威に関わります」

ティーレは小さく頷いた。

「『ドーラ』には何年かに一度、狩竜に革新をもたらす生徒たちが現れると前校長から聞いています。あの子たちにも、そうなってもらいたいとは思いませんか？」

「つまり校長は、竜災期の訪れを、信じていると……」

ティーレはクリスの質問に直接答えず、優しく微笑んだ。

「本校の目的は、精強な狩竜師を育て、王国の発展と護持に貢献すること。今回の『ドーラ』の生徒たちについての決定は、そこから一歩も外れておりません」

そう言って、ガラス窓の外の青空を見上げる。

「この青空が、何者にも支配されない、ただの青空であるために、我々は最善を尽くさなければならないのです」

3

パンターは重苦しいエンジン音を響かせながら、オステルリングム丘陵をゆっくりと進んでいた。丘陵の光景は一か月前とさほど変わらないが、草原には花が咲き乱れ、春の訪れを感じさせる。

「はぁ……あれだけ頑張ったのに、ひと月分の『成果』しかもらえないなんて……」

サツキはため息をついた。場所はパンターの照準手席。相変わらず狭苦しい。

「あたしたち、暴竜種〝らしき〟モンスターを倒したんだよ!? もう少し、マシな扱いがあるってもんじゃないの! 結局、軍からの報酬もとりあげあれちゃったし……おかげでこうやって、パンターの修理代目当てでミッションをやらないといけないなんて、本末転倒だよー！」

「仕方がないだろう。あれだけの勝手をしたのだ。退学にならなかっただけ良しよう」

シェルツェが言った。もはやそこが定位置のように、パンターの車長席に立っている。

「結果的に、我々は皆を助けることが出来た。それが一番の報酬だ。女将さんたちの『竜牙亭』も我々が提供した新しい看板のおかげで、たいそうにぎわっているようだからな」

シェルツェは満足そうだった。

「我々の成果は公式な記録には残らなかったが、それでも、守れたものはある。〝九つ首〟に連れ去られた人々も、石化が解けた状態で全員が救助されたと聞いている」

シェルツェは前向きに続けた。

「それに、我々もパンターで狩竜ができることを証明できたのだ。このパンターがあれば、我々は自力で『アントン』に這い上がり、『リディア』に並ぶことができるかもしれない」

操縦手席のヨシノが冗談を聞いたように笑った。

「そこまでいけるといいけど……今回の件で、私たちの悪評は、より広まったみたいだし」

「悪評は実績で覆していけばいい。そうだろう、トウヤ？」

返事がない――シェルツェはトウヤに視線を向けた。

トウヤは眠っていた。装填手席で腕を組み、こくりこくりと船をこいでいる。

サツキが啞然としながら呟く。

「ほ、本当に寝てる……！　パンターの中で……こんなに騒しいのに……！」

「黙示戦争について記した古文書にも、老練の戦車精霊ほど、車内で眠るチャンスを逃さなかったと書いてありましたから……」

フィーネが口を挟んだ。

「トウヤさんは、やっぱり、そういう人なんだと思います！」

「それって、褒めてることになるのかなぁ……」

「え、一応、褒めているんですが……」

「構わない、今は眠らせておこう」

シェルツェは優しく頷いた。

「これからも、トウヤには戦車好きでいてくれないと困るのだから――我々のために」

シェルツェの言葉の真意を尋ねる者はいなかった。誰もが知っていたからだ――自分たちの絆が、機甲狩竜師への夢を追う、トウヤというひとりの少年によって紡がれていることを。

そしてパンターはゆっくりと、モンスターたちの待つ丘陵に向かっていった。

あとがき

初めまして、もしくはお久しぶり、内田弘樹です。

このたびは拙作「機甲狩竜のファンタジア」をお手に取ってくださり、誠にありがとうございます。

……すみません、最近はゲームのノベライズのお仕事ばかりだったので、オリジナル作品でのあとがきの書き方を忘れてしまっています。

あ、作品のことを語ればいいのか。でも、自分のオリジナル作品についてあとがきで語るのは本当に久々なので、ちょっと恥ずかしいです……。

今作は「戦車&ファンタジー」をテーマにしています。

どちらも、僕が子供の頃から大好きだったものです。

今作は、いうならばその「大好き」をかたちにしてみたものです。

とはいえ、最初は、「戦車とモンスターがガチンコバトルするとなると、どんな感じかなぁ」という、ぼんやりとした発想のものが、大勢の方々の助言を反映した結果、最終的に「WW2のドイツ軍主力戦車のV号戦車パンター（それも砲身に大剣を銃剣のように装備した魔改造バージョン）に落ちこぼれの主人公たちが乗り込み、凶暴なドラゴンにあの手この手で立ち向かう」という壮絶な話になり、なかなかにやっちまった感が……。

僕は楽しんで書けましたので、読者の皆様にも気に入ってもらえると嬉しいです。

最後に御礼を。

イラスト担当の比村奇石様。今回はイラストの依頼を快く引き受けてくださり、誠にありがとうございます。比村様とお仕事するのは長年の夢でしたので、大変に光栄です。

モンスターを担当したかんくろう様。難しいオーダーに応えて頂き、助かりました。

担当編集の稲垣様。今回も無茶な感じで仕事をお願いしてしまい、申し訳ありません。

次回からは気を付けます……。また、漫画家で僕の知り合いの祐佑さんには、全体のクオリティアップのための監修に関わっていただきました。

では、皆様まに2巻で出会えることを祈りつつ。

パンツァーヤクト
機甲狩竜のファンタジア

平成28年9月25日　初版発行

うちだひろき
著者――内田弘樹

発行者――三坂泰二

発　行――株式会社KADOKAWA
http://www.kadokawa.co.jp/
〒102-8177
東京都千代田区富士見2-13-3
0570-002-301（カスタマーサポート・ナビダイヤル）
受付時間 9：00～17：00（土日 祝日 年末年始を除く）

印刷所――旭印刷
製本所――本間製本

※定価はカバーに表示してあります。
落丁・乱丁本は、送料小社負担にて、お取り替えいたします。KADOKAWA読者係までご連絡ください。（古書店で購入したものについては、お取り替えできません）
電話 049-259-1100（9：00～17：00／土日、祝日、年末年始を除く）
〒354-0041 埼玉県入間郡三芳町藤久保550-1

ISBN978-4-04-070997-0 C0193